멋진 ________________ 님께

드립니다

멋진
당신에게

멋진 당신에게

오오하시 시즈코 지음

김훈아 옮김

내 삶을 향기롭게 만드는 기분 전환

리수

옮긴이의 글

이 순간을 좀 더 소중하고 정성껏

— 수필가 오오하시 씨가 1969년부터 〈생활 수첩〉이라는 잡지에 연재하기 시작한 '멋진 당신에게'는 이 잡지의 대표적인 코너입니다. 계절을 느끼게 하는 생활 속의 한 장면이나 많은 사람들을 만나면서 느낀 감동, 누군가가 건넨 다정한 말과 행동, 생활을 풍요롭게 만드는 작은 발견들과 간단하지만 멋진 제안 등이 섬세하고 긍정적인 시선으로 엮어져 있습니다. 번잡한 일상에 지쳤을 때나 가시 돋친 말들과 주변 환경으로 마음이 거칠어져 있을 때, 이 부드럽고 단정한 글은 마음에 온화한 위로와 멋진 시간을 선사합니다.

부엌에 서서 요리를 할 때나 식탁을 차릴 때, 손님을 맞이하거나 누군가를 방문할 때, 선물이나 외출복을 고를 때, 혹은 길을 걷고 하늘을 바라보다 문득문득 이 짧은 글들이 떠오릅니다. 그러면 멋지고 중요한 삶의 힌트를 얻은 것 같아 마음이 든든해지고, 그 순간을 좀 더 소중하고 정성껏 보내고 싶어집니다.

〈생활 수첩〉은 1948년에 창간되어 반세기가 넘도록 일본 독자들의 뜨거운 지지를 받는 종합 여성지입니다. 생활을 아름답고 풍요롭게 하기 위한 다양한 내용들로 가득합니다. 그중 이 잡지의 각종 상품의 테스트 보고 기사는 비평의 자유를 확립했다는 평을 받을 정도이며, 그 엄격한 기준과 조건은 소비자는 물론 제품사에까지 적지 않은 영향을 끼치고 있습니다. 특히 창간 이후 오늘까지 일체의 광고를 싣지 않은 점도 각별합니다. 40년 가까이 잡지가 제 빛깔을 유지할 수 있도록 한 글이 바로 이 《멋진 당신에게》가 아닐까 싶습니다.

2008년 가을

김훈아

차례

작은 변화가 주는 아름다움

따뜻한 마음을 담아

나를 돌아본다

초대의 기쁨

특별한 식탁

디저트

이 계절에 나는

자신감

생활의 지혜

기분 전환

가슴에 다가오는 글

나에게 주는 선물

하늘빛 물그릇

— 길을 가다 쇼윈도 안에 있는 하늘빛 물그릇물을 주전자에서 컵 등으로 옮기기 전에 따르는 그릇을 봤습니다. 안쪽이 깊은 파란색 도기였습니다.

몇 년 전에 스토브 위에 올려놓으려고 산 법랑 주전자가 있는데, 모락모락 김을 내는 모습을 볼 때마다 기분이 좋아집니다. 프랑스산으로 선명한 오렌지색인데, 그 주전자와 이 물그릇이 무척 잘 어울릴 것 같아서 가격을 물어보니 3000엔이라고 하더군요.

나는 가끔 스스로에게 선물하기를 좋아합니다. '세뱃돈으로 어때?' 하고 내게 물었지요. '최고지' 하고 내가 답했습니다.

이렇게 해서 하늘빛 물그릇은 우리 집의 새 가족이 되었습니다. 무겁지 않아 물을 가득 채우고도 한 손으로 가볍게 들어 올릴 수 있고, 언제나 테이블 위에서 준비를 하고 있지요. 꽃병은 물론 셀러리 같은 것을 꽂아둘 때 사용할 수도 있습니다. 주전자는 좋은 동생이 생겨 기쁜 듯 보이고, 물그릇은 긴장과 의욕에 차서 자기가 할 수 있는 일이 또 없는지 두리번거리는 느낌입니다.

차츰차츰 하늘빛 물그릇을 사용하는 더 다양하고 좋은 방법을 생각해내려 합니다.

나만의 스웨터

—— 얼마 전에 스웨터 하나를 떴습니다. 보통 굵기의 회색실로 다섯 단마다 꽈배기 무늬를 넣었는데, 생각보다 훨씬 시간이 걸리고 번거로웠지요. 재작년 이맘때쯤 짜기 시작했을까요. 시간이 날 때나 마음이 내킬 때마다 조금씩 떴으니, 곁에서 지켜보는 사람은 무척 답답했을 겁니다.

이렇게 잔무늬가 많이 들어가는 것은 다시는 못 뜰 것 같았습니다. 완성된 스웨터를 멍하니 바라보고 있는데 가족들이 스웨터가 완성된 것을 기뻐해주었습니다.

"와, 예쁘다. 하면 되네. 무사히 끝까지 잘 떴네. 그래도 시작했으니 이렇게 완성할 수 있는 거야."

아무리 시간이 걸리는 일이라도 시작하면 언젠가는 끝낼 수 있습니다. 시작이 없다면 손에 넣을 수 있는 것도 없습니다.

입어보니 가볍고 따뜻한 데다 부드러웠습니다. V넥으로 넉넉하게 떠서 추운 날이나 쇼핑 등 외출할 때 알맞을 것 같더군요.

돈을 주고 사면 간단했겠지만, 이 스웨터는 긴 시간과 노력 끝에 제 손에 들어왔지요. 자주 입어야겠습니다.

직접 만든 옷

── 지금까지 직접 옷을 만든다는 건 생각지도 못했습니다. 그런데 만들어보니 생각보다 쉬웠어요. 여자라면 누구나 만들 수 있을 거예요. 내가 이렇게 만든걸요.

솔직히 말하면 지금까지 스커트 단도 고쳐본 적이 없습니다. 어머니는 무척 손재주가 좋으셔서 어렸을 때부터 우리 옷은 직접 만들어 입히셨는데 딸인 저는 단추 하나 제대로 못 달았어요.

그렇지만 어머니도 정식으로 양재를 배우신 게 아니라, 옷본도 없이 몇 번이고 직접 대어보면서 당신 식으로 만드셨던 것 같아요.

"잠깐 이리 와보렴" 하고 몇 번이나 부르셔서 귀찮아했던 적도 있습니다.

요즈음은 마치 꽃이 핀 것처럼 정말이지 다양한 색과 무늬의 천이 있습니다. 구경하다 무심코 천을 끊어 오지만, 막상 지어 입으려면 만드는 값이 천의 5배 혹은 7배나 듭니다. 그리고 주문한 대로 나오기도 쉽지 않고요.

── 얼마 전에 정말 마음에 드는 천을 발견해서 얼른 옷을 만들어 입고 싶었습니다. 그러다가 어머니가 하던 방법대로 하면 나도 만들 수 있을 것 같아서 직접 해보았지요.

어깨 색이 바랬을 만큼 낡은 반소매 원피스를 본으로 썼습니다. 반소매 원피스를 모두 뜯어 다리미로 잘 편 다음, 새로 산 천 위에 올려놓고 핀으로 고정한 후 그대로 잘랐습니다.

처음 가위질을 할 때의 기분이란 뭐랄까. 그래요, 마치 혼자 요트를 타고 태평양을 횡단하는 기분이랄까요. 조금 과장됐지만 모처럼 마음에 들어 산 천이고, 누구한테도 도와달라고 할 수 없었으니까요.

비슷한 원피스를 꺼내놓고 표본으로 삼아가며 조금씩 재봉틀질을 하며 입어보았습니다. 조금씩 형태가 갖추어지는 것이 얼마나 기쁘던지요.

뭔가를 만드는 기쁨이랄까, 오랜만에 맛보는 신선한 기쁨이었습니다. 남자들이 일요일에 톱과 망치로 뭔가를 열심히 만드는 것과 비슷하겠지요. 밤 12시가 다 되어 완성되었습니다. 직접 만든 거라며 보여주고 싶은 마음에 몇 번이고 거울에 비춰봤답니다. 처음에는 근처에 장 보러 갈 때나 입으려고 했는데, 어느새 이렇게 외출복이 되었어요. 원피스가 어려울 것 같으면, 우선은 블라우스나 스커트를 하나 뜯어 그것을 본으로 삼아 만들어보면 어떨까요.

딸기 잼을 만드는 행복한 시간

── 딸기가 정말로 맛있는 때는 역시 한창 때인 5월입니다. 이때는 딸기가 무척 달고 신맛도 강해지며 속도 꽉 차서 정말 맛있습니다. 그때를 기다렸다 잼을 만듭니다. 오랫동안 프랑스에서 살다 40년 만에 귀국한 할머니에게 배운 본고장 맛이라고 자랑하며 만들지요.

매년 5월 중순쯤에는 "내일은 잼을 만들 거야" 하고 온 집안에 선언하고 부엌을 점령합니다. 그렇지만 그리 오랜 시간이 걸리지도 않고, 귀찮은 일이라면 딸기꼭지를 따는 것 정도지요. 그리고 불에 데지 않게 조심하면서 곁에서 바라보고 있으면 됩니다.

직접 만든 잼은 진짜 잼 맛이 납니다. 시판되는 잼에는 양을 늘리기 위해 다른 재료나 색소가 들어 있을지도 모르지만, 직접 만든 잼은 안심하고 먹을 수 있습니다.

──5월이 되면 딸기가 무척 싼데 한번 만들어보시는 게 어떨까요?

알이 작고 신맛이 나는 딸기를 골라야 맛있게 만들 수 있습니다. 딸기 1.5킬로그램에 설탕 1.5킬로그램을 준비하는데 어떤 과일이든 잼을 만들 때는 과일의 양과 설탕의 양을 똑같이 해야 합니다.

먼저 딸기를 씻어 바구니에 담아 물기를 빼고, 익히기 직전에 꼭지를 땁니다. 두껍고 큰 스테인리스 스틸이나 법랑 같은 냄비가 좋습니다. 알루미늄 냄비는 잼의 색이 변할 수 있으니까요.

냄비를 불에 올려놓고 물 한 컵과 설탕을 넣습니다. 불이 세면 설탕이 금방 녹기 시작하므로 눌지 않도록 살펴보며 가끔 주걱으로 저어줍니다. 설탕이 완전히 녹아 보글보글 거품이 일기 시작하면, 중불로 맞추고 딸기를 넣습니다. 딸기가 익기 시작하면 색이 선명해지면서 냄비 안은 눈이 휘둥그레질 정도로 예쁜 핑크색 거품이 일기 시작하지요.

이때는 곁에서 지켜보면서 거품이 넘치지 않게 불을 조절해야 합니다. 불을 강하고 약하게 조절하다 보면 딸기가 익어 냄비 위로 떠오르는데, 그리 오랜 시간이 걸리지 않아 색이 변하기 때문에 금방 알 수 있습니다. 떠오른 딸기는 볼에 건져둡니다. 끓이는 도중에 생기는 거품은 건져냅니다. 불의 세기에 따라 다를 수도 있지만 20~25분간 끓이면 약 30%가 줄어들지요. 이때 건져둔 딸기를 다시 냄비에 넣고 너무 불을 세지 않게 조절한 후, 10~15분간 다시 끓입니다.

잼은 커피 병이나 커다란 컵에 담습니다. 병은 커다란 냄비에 넣고 끓여서 열탕소독을 한 다음 거꾸로 세워 말립니다. 마른 병에 딸기잼을 식기 전에 담습니다.

잼을 컵에 담았다면 종이로 만든 뚜껑을 덮어 일주일간 그대로 둡니다. 딸기가 덜 익었으면 위에 하얀 곰팡이가 생기는데, 그럴 때는 곰팡이를 걷어내고 냄비에 넣어 다시 익히면 됩니다. 일주일이 지나도 아무런 변화가 없으면 합격, 이제 밀봉을 해도 됩니다.

랩을 컵이나 병 입구보다 조금 크게 잘라 두었다가 소독용 알코올에 적셔서 잼 표면에 붙인 다음 뚜껑을 덮습니다. 컵에 담았다면 랩을 한 장 더 씌우고 고무 밴드로 입구를 막은 다음 셀로판테이프 등을 붙여둡니다.

이렇게 만든 잼은 햇빛이 들지 않는 서늘한 곳에 두면 냉장고에 넣지 않아도 반년이나 일 년 정도 보존할 수 있습니다. 곰팡이가 피면 다시 불에 익히면 됩니다.

——5월, 딸기가 한창일 때는 저녁 무렵 과일가게에 팔다 남은 딸기가 쌓여 있습니다. 그것을 사서 다음 날 천천히 잼을 만들면 되지요. 이렇게 만든 홈메이드 잼은 나의 자랑거리인데 토스트에 버터를 바른 다음 그 위에 듬뿍 얹어 한입 베어 물면 절로 행복해집니다. 그리고 딸기잼을 차가운 우유에 녹여 딸기우유를 만들거나 조금 녹여 아이스크림 위에 끼얹기도 하고, 추운 계절에는 러시아식으로 홍차에 넣거나 때로는 친구에게 선물도 합니다.

나를 대신하는 꽃

— 우연히 친구를 만났습니다. 양손에 커다란 비닐봉투 두 개에 꽃다발까지 안고 있더군요. 흰색, 노란색, 분홍색의 소국이었습니다.

"내일부터 일 때문에 3일 정도 집을 비우게 돼서 장 좀 보느라고……."

회사에 근무하는 친구는 가끔 출장을 갑니다. '그런데 꽃은?' 하고 눈으로 물어보았습니다.

"아, 이 꽃. 잠시 집을 비우게 되어서 산 거야. 집에 식구가 한 명이라도 없으면 남은 사람들이 적적해하잖아. 집을 비울 때면 늘 새로 꽃을 꽂아놓고 가." 친구가 말했습니다.

친구가 집을 비우는 사이에 대신 집을 지키는 꽃이었습니다.

점퍼스커트

— 점퍼스커트를 하나 맞췄습니다. 까만 울 소재로 평범한 디자인이지만 옷감과 바느질이 좋아서인지 자주 입어도 늘 새 옷 같은 느낌이 들어 기분까지 좋아집니다.

까만색이라 안에 어떤 블라우스를 입어도 대부분 잘 어울리는데 흐린 하늘색 블라우스를 받쳐 입으면 차분하고 고상한 느낌이고, 빨간색 블라우스나 스웨터는 모던한 느낌을 줍니다. 까만 스웨터와 입으면 검정색으로 통일이 되어 세련된 느낌을 주지요. 또 스포티한 느낌의 흰 셔츠나 잔잔한 꽃무늬 셔츠와도 잘 어울립니다.

점퍼스커트는 왠지 유치해 보여서 지금까지 한 번도 입지 않았는데 막상 입어보니 전혀 그렇지가 않았습니다. 한 벌로 다양한 분위기를 연출할 수 있어서 요즘 그 재미를 만끽하는 중입니다.

까만색인 데다 두툼하고 좋은 천으로 만들어서 성공적이었던 것 같습니다. 몸의 선을 적당히 감춰주어 살이 찌거나 말랐어도 부담 없이 입을 수 있기 때문이지요.

빨간 블라우스에 검정색 점퍼스커트를 떠올리면 도저히 못 입을 것 같았는데, 막상 입어보니 어떤 옷보다 잘 어울리는 느낌입니다. 안에 짧은 소매 블라우스를 받쳐 입으면 5~6월까지 입을 수 있고, 두꺼운 스웨터와 함께라면 한겨울에도 입을 수 있습니다.

하지만 가장 기분 좋았던 것은 “언니, 그 점퍼스커트를 입으면 다섯 살은 젊어 보여” 라는 동생의 말입니다.

일상의 작은 보석들

쪽빛 문양의 찻잔

── 시가 나오야志賀直哉, 1883~1971, 소설가 선생님 댁에서 본 찻잔은 쪽빛 그림이 그려진 밥공기 정도의 크기였습니다. 흰 바탕에 엷은 쪽빛으로 앞면에 무늬가 그려져 있었지요. 오래돼 보였는데, 중국에서 온 것인지도 모릅니다. 선생님은 그 찻잔을 무척이나 좋아하시는지, 오래전부터 늘 같은 찻잔을 쓰셨습니다. 큼직해서 차를 두 잔 정도 한꺼번에 따를 수 있으니, 뭐든 넉넉히 마실 수 있고 기분도 넉넉해지지요.

어느 날은 양갱을 함께 내놓으셨는데 그 찻잔에서 호우지차두 번째 이후에 딴 딱딱한 찻잎을 센 불에 쬐어 말린 것의 뜨거운 김이 모락모락 피어오르더군요. 또 어느 날은 쿠키를 곁들이셨는데 찻잔에 레몬 향이 가득했지요. 어느 날은 우유를 넉넉히 넣은 커피가 담겨 나오기도 했습니다. 녹차와 커피, 홍차를 늘 같은 찻잔으로 마시는 것도 여러 의미로 좋은 일인 것 같았습니다. 쪽빛 무늬의 찻잔이 호우지차, 홍차, 커피의 갈색과 어울려 맛있어 보이는 점도 있겠지요.

쪽빛 무늬가 멋진 찻잔을 볼 때마다 다정하셨던 선생님 모습이 떠오릅니다.

마드리드의 벽시계

── 마드리드에 있는 카사보디라는 레스토랑에서 식사를 할 때였습니다. 300년 가까이 됐다는 이 레스토랑은 음식이 맛있기로 유명하지요. 그 유명한 헤밍웨이도 자주 들렀다는 곳으로 작품《태양은 다시 떠오른다》에도 등장합니다.

2층의 안내를 받은 자리에 앉아 오래된 장식들을 둘러보며 즐거워하고 있는데, 갑자기 벽시계가 뎅 뎅 뎅 하며 8시를 알리자 종업원들이 일제히 창문이란 창은 모조리 닫고…… 그것이 신호일까요, 손님들이 들어오기 시작하더니 금세 테이블이 꽉 찼습니다. 저녁이 늦은 스페인에서는 8시가 되어서야 저녁식사를 시작한다고 합니다.

문득 시간을 알리는 따뜻한 벽시계 소리를 들은 지가 참으로 오래되었다는 것을 알았습니다. 시계 소리 하면 모두들 자명종의 요란한 소리만 떠올리게 되니까요.

흙으로 빚은 냄비에 담아 내온 먹물을 넣은 꼴뚜기 요리와 노릇노릇하게 구운 이 레스토랑의 명물 새끼돼지고기를 맛볼 즈음에는 낡은 벽시계가 종을 아홉 번 쳤고, 디저트를 먹을 무렵에는 열 번 울렸습니다.

맛있는 음식은 물론이거니와 시계 소리의 넉넉함은 잊을 수 없는 여행의 추억이 되었습니다.

저녁 차

— 3일 동안 친구 집에서 신세를 지게 되었습니다. 요즘은 보기 힘든 대가족이라고 할까요. 친구 부부와 대학 1학년인 딸과 고등학교 2학년인 아들, 거기에 할머니와 직장에 다니는 친구의 여동생, 그리고 일하시는 아주머니를 합해 모두 일곱 명이나 됩니다.

그 댁에서는 매일 저녁 10시에 온 가족이 한데 모여 저녁 차를 마시는데 시간이 되면 자연스럽게 모인다고 하더군요. 일찍 들어온 사람은 목욕을 끝냈거나 자녀들도 하던 공부를 마칠 무렵입니다.

자기 전이라 뜨거운 레몬 티나 밀크 티 같은 가벼운 음료에 쿠키나 쌀과자, 과일 등 누구나 먹을 수 있는 음식을 마련하더군요. 저녁 식사를 함께 하지 못한 가족도 이 시간이면 대부분 얼굴을 맞대고 이런저런 이야기를 나눕니다. 식사 때는 대화를 나눌 수 있을 것 같으면서도 의외로 그렇지 못한 경우가 많지만, 차를 마실 때는 무슨 이야기든 할 수 있을 것 같습니다.

나도 그 자리에 동참해 함께 차를 마시며 이야기를 듣게 되었습니다. 대부분은 그날 있던 일을 서로 보고하거나, 어디서 들어온 선물이 있으면 그 자리에서 펴보기도 하고, 내일은 평소보다 일찍 나간다는 등 모두에게 전하고 싶은 이야기를 나누더군요.

한번은 친구가 5년이나 사용한 봄 커튼을 바꾸고 싶다고 했더니 아이들은 예쁜 커튼으로 바꾸면 좋겠다며 찬성했지만, 할머님은 아까우니 색이 바랜 곳만 바꾸면 어떻겠냐고 하셨다는군요. 두 자녀와 의견을 나눌 수도 있는 이 저녁 차 시간을 가족 모두가 소중히 하고 있었습니다.

아침이든 저녁이든 일요일이든, 요즘은 가족이 함께 모이기가 쉽지 않은데, 잠자기 전에 이렇게 모이는 이 댁의 습관이 조금은 샘이 났습니다.

홍차 색 손수건

── 귀고리나 브로치, 반지 같은 액세서리를 전혀 하지 않고, 갈색 터틀넥 스웨터에 갈색 스커트를 입은 아가씨가 기차 안에서 책을 읽고 있었습니다.

갑자기 재채기를 한다 싶더니 까만 숄더백에서 손수건을 꺼내 코와 입을 감쌌습니다. 그 손수건이 얼마나 예쁘던지요. 적갈색에 녹색 테두리가 둘러진 손수건은 그녀의 유일하고 멋진 움직이는 액세서리였습니다.

아가씨와 눈이 마주쳐 이야기를 나누게 되었는데 그 손수건은 홍차를 마시고 난 찻잎으로 물을 들인 거라고 하더군요. 과연 홍차의 나라 영국이었습니다.

수반에 띄운 꽃

— 봄을 맞이하면서 앵초 화분을 들여놓는 것은 내 커다란 즐거움의 하나입니다. 올해도 벌써 꽃가게 앞에 늘어선 화분을 사 왔습니다. 분홍색 꽃이 잔뜩 핀 것과 노랑, 흰색, 진한 빨강의 프리뮬러Primula, 서양앵초에 보라색도 하나, 이렇게 창가에 화분 다섯 개를 나란히 놓았지요.

손질이라고 해야 매일 아침 물을 주면서 시든 잎과 꽃을 따주는 것뿐인데, 며칠 전 시든 꽃을 따려다 그만 봉오리가 네 개나 달린 꽃을 꺾고 말았습니다. 미안한 마음에 유리컵에 꽃을 꽂아두었는데 다음 날 보니 봉오리가 벌어지기 시작하더니 일주일간이나 차례차례 꽃을 피웠습니다. 꽃은 물만 있으면 어떻게든 사는 걸까요.

그 후로는 화분에 핀 꽃이든 꽃병에서 시들기 시작한 꽃이든 모두 유리로 된 수반에 띄우기로 했습니다. 물에 띄우면 금방 시들 것 같던 꽃이 다시 숨을 쉬며 2~3일, 때로는 더 오랫동안 꽃을 피워줍니다.

팬지와 개양귀비

—— 3월 말의 어느 날, 꽃가게 앞을 지나다 진보라에 엷은 보라, 노랑, 다홍, 흰색 꽃을 피운 팬지가 너무 사랑스러워서 그 앞을 몇 번이나 왔다갔다하다가 결국 사고 말았습니다. 집에 돌아와 커다란 화분에 조금 많다 싶을 정도로 심었지요.

팬지는 화분에 심은 날부터 시들지도 않고 마치 그곳이 제자리인 양 건강하게 피어 있습니다. 봉오리도 차례차례 피기 시작해 매일이 즐거울 정도입니다. 이 팬지는 7월까지, 4월 · 5월 · 6월을 하루도 빠짐없이 피어 마음을 즐겁게 해줍니다. 그리고 초여름 무렵이면 조금씩 잎이 노래지다 어느 날 문득 시들어버립니다.

심는 방법은 꽃집에서도 가르쳐주지만, 화분이나 나무상자 바닥에 작은 돌을 2~3센티미터 깔고 그 위에 깻묵을 뿌린 다음 보통 흙을 넣습니다. 아주 간단하지요. 그러고는 하루에 한 번씩 물을 주고, 시든 꽃을 골라주면 됩니다.

개양귀비도 팬지만큼이나 좋아하는 꽃입니다.

우미인초라 불릴 만한 주홍색이나 보라색보다는 포피poppy, 겨자라 부르는 게 더 어울릴 것 같은 밝은 노란색이나 오렌지색을 좋아해서 꽃집을 지나다 눈에 띄면 저절로 사게 됩니다. 지난번에는 비가 오는 날이라 한 손에는 우산을, 다른 손에는 짐을 잔뜩 들었는데도 결국 무리를 해서 샀습니다.

물속에서 줄기를 자른 다음 꽃병에 꽂아 테이블 위에 놓고 잠깐 쉬면서 비에 젖은 장갑을 스토브에 말리고 있는데, 문득 어떤 기척이 느껴졌습니다. 고개를 돌려서 보니 어쩌면, 포피가 눈앞에서 활짝 꽃잎을 펼치고 있는 것이었습니다. 막 털이 난 꽃받침에 싸여 있어서 마치 병아리 머리 같은 봉오리였는데, 순식간에 오렌지 꽃을 피우다니요……. 바라보고 있는 사이에 또 하나 꽃받침이 열리며 마치 정성껏 접은 색종이가 자연스럽게 펼쳐지는 것처럼 꽃을 피웠습니다. 이번에는 노란 꽃이었어요.

아마도 방 안이 따뜻했기 때문이었겠지요. 넋을 놓고 바라보는 내 눈앞에서 열 송이가 넘는 개양귀비꽃이 모두 꽃망울을 터뜨렸습니다. 사랑스러운 포피가 자연의 경이로움을 새삼 보여주었습니다.

파리의 레인코트

— 비 오는 날 파리 시내를 한 시간쯤 걷다 보면, 반드시 걸음을 멈추고 바라보고 싶은 레인코트 차림의 사람들과 만나게 됩니다. 레인코트는 빨강이나 노랑, 그린이 아니라 예전부터 전해오는 레인코트 색입니다. 오크르 죈ocre jeune, 황토색이랄까, 질긴 양지hard-rolled paper를 조금 밝게 한 것 같은 색, 영국의 레인코트인 버버리 색이지요.

비가 오는 듯 마는 듯 안개비가 내릴 때는 레인코트를 입은 이의 감각이 발휘되는데, 깃 사이로 보이는 스웨터나 스카프, 장갑이나 핸드백, 부츠의 색들이 아름다움을 결정합니다.

지난번에 본 쉰 정도의 은발 여성은 레인코트와 같은 색의 레인해트를 쓰고, 깃 사이로 수수하면서도 차분한 보라색 스카프를 살짝 두르고 있었습니다. 어떻게 레인코트에 그런 보라색 스카프를 맬 생각을 했을까요. 내가 생각지도 못한 색의 조화는 향기마저 풍기는 듯합니다.

그리고 언뜻 보기에도 손질이 잘된 불그스름한 갈색 웨스턴 부츠를 신고 있었는데, 만약 거기에 까만 부츠였다면 답답한 느낌이 들었을지도 모릅니다.

풍토 때문일까요. 파리에서는 비가 억수같이 쏟아지는 일은 좀처럼 없습니다. 비가 온다고 해도 짙은 안개가 낀 정도여서 레인코트와 레인해트로도 충분히 버틸 수 있지요. 때문에 레인코트를 우산 대신 구입하기도 하는데 재질이나 바느질이 튼튼해 어지간해서는 비가 스며들지 않고 오래 입을 수 있는 것을 고릅니다. 그리고 비가 오는 날이나 바람이 심한 날, 가을 겨울 봄의 흐린 날과 여행 시에도 반드시 가방에 넣고 가지요.

비가 오는 날 레인코트를 입은 사람을 보면, 코트에 잡힌 부드러운 주름으로 그들만의 드라마를 상상하게 되는 요즘입니다.

손을 잡아주세요

— 어느 초여름 날 오후, 브로드웨이를 걷고 있는데 네다섯 살쯤으로 보이는 사내아이가 다가오더니 천진하고 사랑스러운 얼굴로 말했습니다.

"마담, 저쪽으로 건너가야 되는데 손 좀 잡아주세요. 엄마가 꼭 어른에게 부탁하라고 했어요."

다른 날에는 살이 찐 아주머니가 나를 불러 세워졌습니다.

"미스, 저쪽까지 가는데 손 좀 빌려주시겠수?"

또 다른 날, 눈보라가 몰아치는 저녁 무렵이었는데 지하철역에서 밖으로 나왔더니 주변이 완전히 회색빛으로 뒤덮였습니다. 신호등 불도 눈에 덮였고 바람에 날리는 눈 때문에 눈을 뜨기가 힘들 정도였고, 발밑이 미끄러워서 어떻게 건너가야 할지 몰라 꼼짝도 못하고 있었습니다. 쌩쌩 부는 바람 소리와 가끔씩 삐걱거리는 소리를 내며 천천히 달려가는 자동차 외에는 아무것도 보이지 않았습니다. 그때 어디선가 눈만 내놓은 방한모를 뒤집어쓴 경찰관이 나타나서 "마담, 자 내 팔을 잡으세요" 하는 것이었습니다. 그 큰 팔에 매달리다시피 해 겨우 길을 건널 수 있었지요.

팔에 매달려 길을 건너던 그리운 뉴욕의 추억. 매일매일 교통전쟁이라는 말을 듣지만, '자 손을 잡으세요' 하고 부담 없이 서로 말할 수 있다면 얼마나 좋을까요.

여름철의 작은 행복

— 아직 혼자서는 잠들지 못할 정도로 어렸을 때인 것 같습니다. 후텁지근한 여름밤, 불을 끈 방에서 부채질 바람에 모기장이 가볍게 흔들렸던 것이 아직도 기억납니다. 옆에 누워 부채질을 해주신 분이 어머니였는지 할머니였는지 모르겠지만, 땀이 밴 이마에 가볍게 부딪치는 바람이 점점 느려지는 것을 느끼다가 어느새 잠이 들곤 했지요.

그런 소중한 추억 때문만은 아니지만 나는 부채를 무척 좋아합니다. 선풍기나 에어컨도 더위를 식히는 데는 중요하지만 편안한 바람, 부드럽고 가벼운 바람, 불었다 끊어졌다 하는 바람, 또 부치고 싶을 때 부치고 싶은 대로 바람을 낼 수 있는 부채가 역시 최고입니다.

냉방을 약하게 한 방에서 감물을 들인 고풍스러운 부채로 기분에 따라 바람을 일으키는 것은 여름철의 작은 행복입니다. 에어컨과 선풍기가 있어도 역시 부채를 곁에 두고 싶습니다.

흰색의 아름다움

— 요즘은 타월의 색깔이 무척 다양합니다. 개중에는 너무 자극적이라 손을 닦으면 색이 묻어날 것 같은 타월도 있습니다. 차가운 느낌의 세면대를 타월을 이용해 밝고 화사하게 연출하는 것은 결코 나쁜 일이 아닙니다.

일전에 방문한 댁의 세면실 타월은 크고 작은 것 모두가 뜻밖에도 새하얀색이었습니다. 컬러 타월이 주가 된 요즘이라 조금 뜻밖이었지만, 새하얀 타월로 안심하고 기분 좋게 손을 닦을 수 있었습니다.

그리고 손을 닦으면서 역시 뭐니 뭐니 해도 타월은 흰색이 좋다는 생각을 했습니다. 무엇보다 청결해 보이니까요. 하얀 타월은 늘 깨끗이 세탁해야 하고, 아무리 흰색이더라도 광고 글귀가 적혀 있는 것은 조금 쓸쓸한 느낌이 듭니다.

웬만큼 질이 좋지 않으면 흰색의 아름다움을 유지하기가 어렵기 때문에 흰색 타월을 사용하는 것은 사치라는 생각이 들지만, 이런 사치라면 나쁘지 않을 것 같습니다.

상복

—— 상복을 따로 준비해야 할까요. 왠지 장례식만을 위한 옷을 따로 준비하고 싶지는 않았습니다. 여기에는 나의 개인적인 경험이 크게 작용하는지도 모르겠습니다. 어렸을 때부터 무거운 병을 앓고 있는 가족이 있어서 늘 죽음을 의식했고, 어린 마음에도 그런 순간이 오지 않기를 매일 바랐지요. 그리고 지금은 연로한 가족이 있습니다. 그 때문에도 더욱 상복을 준비할 마음이 들지 않습니다.

이따금 장례식에 갈 때는 가능하면 눈에 띄지 않는 디자인의 감색이나 진한 회색 정장에 커다란 까만 리본을 가슴에 답니다. 모두 까만 옷뿐인 장례식장이지만 나의 옷차림이 실례라는 느낌은 들지 않았고, 또 그런 이야기를 들은 적도 없습니다.

장례식장에서는 남녀를 불문하고 모두 상복을 입지만, 슬픔과 애도를 전하는 데 까만색에 구애받을 필요는 없지 않을까요.

물론 저의 좁은 소견인지도 모르겠습니다만.

멋진 칭찬

── 특별히 멋쟁이도 아닌 내게 젊은 친구가 문득 "그렇게 멋을 잘 내는 비결이 뭐예요?" 하고 묻더군요. 뜻밖의 질문에 한동안 대답을 못하다가 "만약 내가 정말 멋쟁이라면, 그건 칭찬해주는 친구들이 있었기 때문이에요. 예를 들어 바지를 입고 친구를 만났는데, 그 친구가 '바지가 잘 어울린다' 는 말을 해주면, 자주 입지 않아 어울릴까 걱정하던 바지가 어쩌면 괜찮을지도 모른다고 생각하게 되지요. 그래서 다음에 바지를 고를 때도 신경을 쓰게 되고요" 라고 말했지요.

뭘 입을까 고민하다가 입고 나간 스커트를 보고, 누군가가 스커트와 코트색의 매치를 칭찬해줍니다. 그런 것들 하나하나가 자기 스타일을 찾아가는 데 격려가 되지요.

얼마 전 미국에 갔는데, 그곳에서 만난 사람들도 하나같이 상대방의 옷이나 액세서리에 대해 칭찬을 아끼지 않더군요. 상대방의 기분을 좋게 하기 위한 배려겠지요. 조금이라도 좋다고 느낀 것이 있으면 그것을 적절하게 칭찬하는 겁니다.

"잘 어울려요."

"매치가 좋아요."

"컬러가 예쁘네요."

"멋진 브로치네요."

"디자인이 독특해요."

"손이 참 곱군요."

이렇게 칭찬을 하면 자연스럽게 이야기를 풀어가게 되고, 어느새 허물없는 대화를 나누게 됩니다. 칭찬은 너무 과장되지 않게 자연스러운 정도가 좋겠지요. 친구나 지인들, 가족이나 형제간에도 이런 칭찬은 빠져서는 안 될 요소라고 생각합니다. 커피 한 잔, 음식 한 접시라도 칭찬을 하면 그것이 격려가 되어 다음에는 더 맛있게 만들어야지 하고 생각하게 되지요.

우리는 칭찬에 인색한 것 같습니다. 하지만 칭찬을 들으면 기분이 좋아집니다. 자연스럽게 칭찬하는 법을 익히면 사람들과의 관계가 더욱 원만해진다는 사실을 새삼 깨닫습니다.

밥공기

── 친구 집에서 하룻밤을 묵고, 다음 날 친구 가족들과 함께 아침 식탁에 앉았습니다. 강판에 간 무와 멸치에 간장을 끼얹은 것, 김, 전갱이 구이 등 맛있어 보이는 반찬이 가득했지만 무엇보다 가장 눈에 띈 것은 가족들의 밥공기였습니다.

흰 바탕에 쪽빛 무늬가 들어가 있고 요즘은 보기 드문 바닥이 움푹 파인 모양이라서 손바닥으로 감쌀 수 있었습니다. 동그란 뚜껑도 마치 무릎을 꿇고 단정히 앉아 있는 것 같은, 오랜만에 보는 고풍스러운 공기였습니다.

가족들 앞에 놓인 공기를 자세히 들여다보니 무늬가 모두 다르더군요.

"요즘도 이런 공기를 파는 곳이 있네요. 어디서 사셨어요?"

나도 갖고 싶은 마음에 물어보았습니다.

"도쿄든 여행지든 오래된 물건을 파는 곳이 있으면 늘 기웃거리지요. 그리고 옛날 그릇이 보이면 곧바로 산답니다. 옛날 그릇이라고 해서 그리 오래된 골동품 같은 건 아니고, 메이지1868~1912나 다이쇼1912~1926, 쇼와1926~1989 초기 것들이에요. 세트가 아니라서 모양이나 무늬가 다르지만 그것도 재미있잖아요. 다른 집에선 손님 접대용으로 마련한 그릇은 평소에 잘 쓰지 않지만 우리 집에서는 평소에도 가족들이 가장 마음에 들어하는 그릇을 쓰지요. 손님이 오시면 그중에 하나를 꺼내놓고요."

아침 식탁에서는 그릇 이야기가 끊이지 않았습니다.

“몇 해고 같은 공기를 쓰다 보면 손에 공기가 무겁게 느껴지는 아침이 있는데 그럴 때는 몸이 안 좋은 게 아닐까 느끼게도 되고요.”

“마음에 드는 공기에 밥을 담으면, 그것만으로도 밥이 맛있는 것 같아요.”

그때까지 아무 말이 없던 대학생 따님도 한마디 거들었습니다.

작은 변화가 주는 아름다움

진주와 와이셔츠

── 눈물 방울이라는 진주는 다른 보석과는 다른 그 연약한 아름다움에 끌리게 되는데, 그 진주가 나이를 먹는다는 것을 저는 오랫동안 알지 못했습니다.

나는 알이 약간 큰 핑크빛 펄이 들어간 진주목걸이를 가지고 있는데, 보통 때는 별로 걸 기회가 없어 상자에 담아 방치해두었지요. 지난번 지인들과 대화를 나누다 진주에 관한 이야기가 나왔기에 오랜만에 꺼내 보고는 놀랐습니다. 광택이 줄어든 데다 어딘지 모르게 생기가 없어 보였기 때문입니다.

진주는 나이를 먹는 보석, 아무리 좋은 알이라도 나이를 먹습니다. 부드러운 천으로 닦아 잘 간직한다 해도 점점 윤기가 사라지기 때문에, 요즘은 진주목걸이에 어울리는 차림을 생각해보고 가능하면 걸고 나가려고 노력하고 있습니다. 진주에 대해 잘 아시는 분에게 들으니 아침 햇살에, 그것도 옥외에서 보면 좋은 진주인지 아닌지 알 수 있다고 하더군요.

이 진주목걸이는 구입한 지 15년 정도 지났습니다. 인간의 나이로 치면 몇 살이나 되었을까요. 이제부터는 서랍 속에 넣어두지만 말고 가능하면 자주 목에 걸려고 합니다.

— 어느 날 호텔 로비에서 약속한 사람을 기다리고 있는데 영국 사람일까요, 미국 사람일까요. 오드리 헵번과 비슷한 느낌의 날씬한 여성이 제 앞을 지나갔습니다. 회색 스커트에 흰색 와이셔츠, 그리고 가슴에는 진주목걸이를 하고 있었습니다. 가슴이 파인 칵테일 드레스에나 어울릴 것 같은, 알이 1센티미터나 되는 엷은 핑크 펄의 진주였습니다. 흰색 와이셔츠 위에 걸친 하얀 진주목걸이는 그다지 눈에 띄지 않지만, 스포티한 느낌의 흰색 와이셔츠 위에 걸친 엷은 핑크빛 진주목걸이는 화려해 보였습니다.

진주목걸이는 자칫 잘못 착용하면 촌스러워 보여서 신경이 많이 쓰입니다. 그래서 평소에 자주 사용하려면 어떻게 하는 게 좋을까 궁리 중이었는데 하얀 와이셔츠에 진주목걸이, 그런 매치도 있었군요. 시각을 조금만 바꿔도 같은 목걸이가 놀라울 정도로 신선해 보입니다.

얼른 하얀 와이셔츠를 하나 장만해야겠습니다.

스카프 한 장으로

—— 무척 좋아하고 잘 어울렸던 회색 옷들이 언제부터인가 예전처럼 어울리지 않는 것 같았습니다. 처음에는 왜 그런지 이유를 몰랐지요. 그러다 회색은 역시 젊은 사람들을 위한 색이 아닐까 하는 생각을 하게 되었습니다.

어느 날 한동안 방치해두었던 회색 옷을 입고 목 언저리에 밝은 와인색 스카프를 매어보았습니다. 그랬더니 금세 회색 옷이 예전처럼 어울려 보이더군요. 목이 파인 회색 옷에 그린 스카프를 매었더니 이것도 제법 괜찮았습니다. 회색뿐 아니라 감색 원피스도 이미 어울리지 않는다는 느낌이 들었는데, 시험 삼아 엷은 하늘색 스카프를 둘러보았더니 역시 훨씬 예뻐 보이더군요. 이번에는 빨간 스카프를 해보았더니 스카프 한 장으로 화사한 느낌이 났습니다. 갈색 원피스에도 오렌지색 스카프를 매어보았습니다. 아무것도 안 했을 때보다 훨씬 세련된 느낌이 듭니다. 선명한 녹색 스카프도 나쁘지 않았습니다.

어째서일까, 이유를 생각해보았습니다. 회색이나 베이지, 밤색이나 감색 등의 단색 옷들은 화사하지 않은 만큼, 입은 사람의 젊음을 강조하거나 더 두드러지게 했던 것입니다. 그래서 어느 정도 나이가 들면 그런 색들이 어울리지 않게 되는 게 아닐까요.

그런데 스카프와 옷의 색을 잘 맞추면, 예를 들어 갈색에는 오렌지, 감색에는 그린, 회색에는 빨강, 갈색에는 노랑을 더하면 가슴 주위에 새로운 포인트를 만들어 젊음을 되살려주는 것 같습니다. 이 사실을 알고 나서는 색깔이 예쁜 스카프나 머플러를 발견하면 이따금씩 사 모으고 있지요.

컬러가 중요하기 때문에 무늬가 있는 것보다는 없는 것이 더 좋은 듯하고, 무늬가 있다면 바탕 천과 비슷한 색이거나 그다지 눈에 띄지 않는 무늬여서, 조금 떨어져서 봤을 때 녹색 스카프라든지 빨강 머플러, 노랑 스카프라고 부를 수 있는 것이면 좋을 듯합니다.

저녁 시간 한가할 때면, 이 옷에는 어떤 스카프가 어울릴지 이것저것 매어봅니다. 신기하게도 스카프 하나로 회색 옷이나 감색 원피스가 단번에 표정을 바꾸더군요.

—— 다양한 색의 스카프나 머플러의 도움으로 이제는 어울리지 않는다고 포기했던 옷을 다시 입을 수 있게 된 것도 기쁘고, 이 요령을 터득하고 나서는 옷을 입을 때 더 주의를 기울이게 되어 외출이 즐거워졌습니다. 그래서 나는 60세가 되고 70세가 되어서도, 아니 그보다 훨씬 나이가 들더라도 젊어 보이는 방법을 궁리해야겠다고 벌써부터 다짐합니다.

파란 모포

— 예전에 미기시 세츠코 씨1905~1999, 여류화가가 사기노미야 아틀리에에 계실 무렵이었습니다. 무척 춥고 하늘도 잔뜩 흐린 날, 볼일이 있어 방문한 나를 미기시 씨가 아틀리에에서 맞아주셨지요. 아틀리에에는 시든 꽃과 나뭇가지가 꽃병에 꽂혀 있었고, 테이블과 작업실 여기저기에 놓인 이젤 위에도 시든 꽃을 그린 그림들이 있었지요. 창밖으로 눈을 돌리면 화단에도 잎을 떨군 나무들로 온통 쓸쓸한 겨울 풍경이었습니다.

그런데 아틀리에 안은 뭔가 화사한 아름다움이 느껴졌습니다. 이유가 뭘까 하고 두리번거리다 그것이 한 장의 모포 때문이라는 것을 알았지요. 아틀리에 한쪽에 놓인 긴 의자에 파란 빛깔의 모포가 풍성하게 걸쳐져 있었습니다. 파란색 모포는 모든 것이 시든 겨울의 빛깔, 밤색과 엷고 진한 갈색, 베이지, 그린이 섞인 낙엽색을 배경으로 더욱 눈에 띄었습니다. 고동색과 파란색의 어울림이 아틀리에를 아름답게 장식하고 있었던 것입니다.

모포를 덮어놓은 긴 의자는 오래전부터 사용해온 것 같았지만, 한 장의 파란 모포로 새롭고 멋진 소파처럼 보였습니다.

— 그때 일을 떠올리며, 오래되고 낡아 아무리 청소기를 돌려도 깨끗해 보이지 않던 소파 위에 평소에 덮기는 왠지 아까워 보관해온 빨강과

초록, 파란색 모포를 걸쳐보았습니다. 체크 무늬의 경쾌함이 그대로 소파 위에 퍼져 방 안에 생기가 돌았습니다.

까만 옷의 여성

—— 얼마 전 친구의 권유로 댄스파티에 갔습니다. 100명 정도가 모인 화려한 자리였는데, 멋지게 차려입은 참석자 중에 춤도 잘 추고 차림도 멋진 한 여성이 눈에 띄었습니다. 목까지 오는 스웨터와 바지, 구두까지 모두 까만색으로 통일하고, 링으로 된 금색 귀고리를 하고 있더군요. 온통 까맣게 차려입은 그녀는 화려한 분위기 속에서 누구보다도 눈에 띄었습니다.

지금까지 멋이란 '그 자리의 분위기에 맞는 복장'이 가장 중요한 조건이라 생각했었는데, 온갖 색으로 아름답게 치장한 사람들 속에 온통 까만색 옷을 입은 그녀가 제일 아름다워 보였던 겁니다.

나중에 물어보니, 파티가 끝나면 바로 스키 여행을 떠나기 때문에 스웨터에 바지를 입고 왔다고 하더군요. 하지만 화려한 분위기 속에서 이런 복장도 결코 나쁘지 않다는 생각이 들었습니다. 지나치게 그 자리를 의식한 패션이 오히려 더 시시해 보이기도 하니 말입니다.

세 개의 별

― 까만 폴라 스웨터를 입고 맞은편에 앉아 있는 친구의 가슴 위쪽에 빨강, 녹색, 까만색의 보석 같은 것이 반짝였습니다. 레스토랑에서 함께 식사를 하는데 시선이 자꾸만 그쪽으로 쏠리고, 그때마다 멋져 보이더군요.

"그 브로치 정말 예쁘다."

"어머, 그러니? 이거 브로치 세 개야. 까만 스웨터라 조금 어두워 보일까 봐 세 개를 한꺼번에 걸어봤는데, 괜찮니?"

"여행 중에는 아무래도 옷가지를 줄일 수밖에 없어서 이런 아이디어를 생각해내기도 하지."

친구가 기쁜 듯이 말했습니다.

벨트 하나로

— 한동안 잊혀졌던 벨트가 다시 유행하기 시작했습니다. 그것도 굵고 견고해 보이는 벨트가 자주 눈에 띕니다.

예전에 한동안 벨트를 모으는 데 열중한 적이 있어서 벨트를 보면 금방 사고 싶은 마음이 들곤 합니다. 그래서 두껍고 까만 에나멜 벤트를 하나 샀습니다.

길이를 자를까 말까 고민하다가 그대로 둔 캐멀색 코트 위에 새로 산 벨트를 매어보았습니다. 전혀 다른 코트처럼 새롭고 디자인도 젊어 보였습니다. 미니로 자르지 않길 정말 잘했다 싶었지요. 올겨울에 코트를 새로 장만할까 생각했는데, 벨트 하나로 낡은 코트가 뜻밖의 변신을 해 새로 살 마음이 없어졌습니다.

코트를 살 돈으로 봄 구두와 스카프라도 살까 생각 중입니다.

테이블 위의 주인공

── 지난 일요일 저녁 친한 친구와 멋진 레스토랑에서 식사를 했습니다. 마음이 맞는 친구와의 식사는 매우 즐거운 일이라서 좋아하는 옷을 골라 멋을 내고 나갔습니다. 앞에 앉은 친구는 옅은 보라색 니트 슈트에 금빛 목걸이와 팔찌를 했는데, 무척 잘 어울리고 세련되어 보였습니다.

정중한 서비스와 맛있는 음식을 앞에 두고 여자들끼리 나눌 수 있는 대화로 즐거운 한때를 보냈습니다. 그런데 그날 저녁 가장 인상적이었던 것은 그 친구의 아름다운 손입니다. 오랫동안 만나 익숙한 친구 손이 그날은 특별히 인상에 남더군요. 글라스를 들 때마다 반짝이는 금빛 팔찌도 마찬가지였고요.

돌아가는 길에 친구에게 그 말을 했더니 친구가 기쁜 듯이 말했습니다.

"오늘 미용실에 간 김에 매니큐어를 바르고 왔어. 식사를 할 때는 아무래도 손이 눈에 띄잖아. 난 바깥에서 손님과 식사를 할 때는 늘 손에 신경을 써. 지저분한 손은 상대를 불쾌하게 하거든."

이야기를 듣고 보니 정말 그렇구나 싶더군요. 테이블 위의 주인공은 분명 손입니다. 나이프와 포크를 쥔 손, 컵을 든 손, 싫어도 어쩔 수 없이 눈이 가게 되고, 게다가 테이블에 앉으면 가슴 위쪽만 보이니 목걸이나 귀고리, 팔찌나 반지 등의 액세서리가 빛을 발합니다. 정말 멋을 아는 친구입니다.

꽃 접시

— 지나칠 만큼 화려한 헝가리산 접시를 산 것은 겨울 추위가 너무 길게 느껴졌기 때문일까요. 그래서 주위에 뭔가 눈에 확 띄는 밝은 물건을 두고 싶었는지도 모릅니다. 커다란 접시는 흰 바탕에 빨강과 초록색 제라늄꽃이 그려져 있습니다.

접시를 사 들고 어떻게 쓰면 좋을까 궁리를 하며 돌아왔습니다. 마침 윤기가 흐르는 싱싱한 딸기가 눈에 띄어 함께 사왔는데 빨갛게 익은 딸기를 꼭지를 따지 않고 씻어서 새로 산 접시에 가득 담았습니다. 그리고 저녁식사 후 디저트로 내놓았지요.

"와, 정말 활기차 보인다" 하는 감탄사들과 함께 딸기는 금세 바닥이 났습니다. 제철인 딸기는 크림이나 설탕을 치지 않아도 맛있었습니다.

식탁을 화사하게 장식하고 싶을 때면 이 접시를 사용해야겠습니다.

작은 사치

— 식탁에 테이블클로스를 씌우고 식사를 하면 조금 사치스러울 것 같지만, 단지 그것만으로도 식탁이 즐겁고 화사해집니다. 요즈음은 가족과 뭔가를 함께하는 기회가 줄어들어서 가족들이 모두 모여서 식사를 하는 식탁은 대단히 중요한 자리가 되었습니다.

적어도 저녁식사 때만이라도 예쁜 테이블클로스를 씌우고 식사를 하고 싶습니다. 매일이 무리라면 휴일 저녁식사 때만이라도 해보면 어떨까요.

— 테이블클로스는 무명으로 된 것을 사용합니다. 이것은 옷감과 달리 폭이 1.5미터 정도이기 때문에 길이만 맞춰 사면 되는데, 테이블 아래로 약 30센티미터 내려오는 것이 적당합니다. 커다란 테이블이라고 해도 2미터 반만 있으면 충분하지요.

빨간색 격자 무늬나 초록, 노란색 격자 무늬도 괜찮고 물론 새하얀 클로스도 좋습니다. 식탁용 클로스는 식사 준비가 된 다음에 씌우기 때문에 먼지가 탈 염려도 없습니다.

테이블클로스 밑에 플란넬의 코튼 천을 한 장 깔아두면 식기를 놓을 때 부딪치는 소리가 나지 않습니다.

옷도 쉬게 하세요

── 같은 옷을 자주 입다 보면 아무리 멋진 옷이라도 싫증이 나기 마련입니다. 그럴 때는 그 옷을 1~2년 묵혀둡니다. 잊고 있다 1~2년 후에 다시 꺼내 보면 마치 새로 장만한 옷처럼 신선하게 느껴지니 신기한 일입니다.

나는 디자인이 단순한 편한 원피스나 투피스를 즐겨 입는데 얼마 전 3년 만에 흰색과 블루로 된 줄무늬 원피스를 꺼내 입었더니 친구가 "어머나, 새로 샀니?" 하고 묻더군요. 실은 옷장에서 묵혀두었을 뿐이라고 고백하고는 서로 웃었습니다.

또 싫증이 나서 한동안 입지 않은 옷을 친구가 "그 블루와 초록색 체크 슈트 어떻게 했니? 안 입을 거면 나 줘" 하고 반농담을 하기에 오랜만에 꺼내 입었더니 의외로 새로워 보였던 기억도 있습니다.

내가 좋아하고 또 내게 어울리며 유행과 무관한 옷은 2~3년 방치해두어도 나보다 옷이 나를 잊지 않나 봅니다. 마치 오랜 친구처럼 다시 어울리니 말입니다.

세련된 느낌

— 금색 체인의 싸구려 액세서리가 눈에 띄었습니다. 한 줄을 걸고 거울 앞에 비춰보았더니 청초한 느낌이 들었습니다. 흰색 셔츠블라우스나 스웨터에 잘 어울릴 것 같았습니다. 한 줄을 더해 두 줄로 해보았더니 이것도 나쁘지 않았습니다. 다시 한 줄, 같은 걸 세 줄 걸어보았더니 드레시한 느낌이 들었습니다. 여기에 다시 한 줄, 합해서 네 줄을 걸어보았습니다. 한 줄 더했을 뿐인데 훨씬 호화로운 느낌이 들었습니다.

가슴이 트인 원피스나 결혼식 피로연, 혹은 멋진 자리에 초대를 받았을 때 네 줄을 한꺼번에 걸면 화려한 분위기를 낼 수 있을 것 같았습니다. 겨울의 까만 바지 정장에도 어울릴 것 같았습니다.

무척 즐겁고 경제적인 쇼핑이었습니다.

옻칠을 한 반달 모양의 찬합

— 오래 전에 히다 타카야마의 옻칠을 한 반달 모양의 찬합을 선물 받았는데 그때는 이 도시락이 이처럼 유용하게 쓰일지 몰랐습니다.

손님이 방문했을 때 선물로 받은 찬합이 문득 떠올라, 자반연어와 토란 조림, 계란말이 등 전혀 근사하지 않은 반찬을 그 반달 모양 찬합에 담아보았습니다. 주먹밥을 작게 만들어 분홍색 생강과 곁들였을 뿐인데, 정말 근사한 멋진 손님맞이 상차림이 되었습니다.

신기하게도 이 반달 찬합에 담아 내면 뭐든지 맛있어 보입니다. 아무것도 아닌 삶은 고구마나 생선구이, 배추절임 하나도 왠지 맛이 다르게 느껴집니다. 그래서 손님이 방문했을 때뿐만 아니라 식구들 밥상에도 이따금 이 반달 찬합에 반찬을 담는데, 늘 먹는 반찬이지만 역시 왠지 기분이 다르고 맛있어 보입니다.

설날에는 이 반달 모양 찬합에 설음식을 일인분씩 따로 담는 것도 좋을 것 같습니다. 또 유자나 레몬 껍질, 국화잎 한 장만 깔아도 훨씬 분위기가 달라 보입니다.

나무대야

— 목욕탕에서 통, 통 하고 나무대야와 바가지가 부딪치는 소리가 들렸습니다. 나무의 부드러운 소리가 무척 듣기 좋습니다. 손잡이가 달린 작은 바가지, 타원형의 작은 대야와 목욕의자. 목욕탕에 있는 이런 도구들은 모두 나무로 된 것을 쓰고 있습니다.

동으로 두른 테는 클렌저로 잘 닦으면 반짝반짝 윤이 나고 햇빛에 말리면 칠하지 않은 나뭇결이 아름답게 되살아납니다.

예전에는 이런 제품들을 모두 나무로 만들었는데 요즘은 온통 플라스틱 제품들입니다. 운치 없이 탁탁 부딪치는 소리가 어쩐지 쓸쓸하게 들려서 얼마 전 나무로 된 것으로 바꾸었습니다. 목욕을 할 때마다 나무 부딪치는 소리가 반갑고 마음마저 차분해지는 것 같습니다.

젊은 친구

— 쉽게 이야기가 통해서인지, 친구라면 나이가 비슷한 사람들로 한정되기 쉽습니다. 그런 내게 요즈음 두세 명의 세대가 다른 친구들이 생겼는데 젊은 친구가 있어서 좋은 점을 알게 되었습니다.

젊은 사람들이 어떤 것에 흥미를 갖는지 알게 되었고, 말투나 표현하는 방법이 다른 것도 재미있고, 배우나 탤런트들에 대한 선호도 당연히 나와 다른데 그런 차이 하나하나가 화젯거리를 제공해주었습니다.

젊은 사람들도 상담이나 의논할 상대를 원하는 것 같았습니다. 무슨 일이 생기면 전화를 걸어 의견을 묻거나 함께 차를 마시기도 하고, 직장에서의 의견충돌이나 여행지 선정, 이번 계절에 살 옷의 디자인이나 요리 등 두서없는 이야기지만 나이 든 사람과 이야기를 하면 젊은 친구들도 편안해지는 부분이 있는 모양입니다.

나이가 많은 내 입장에서 보면 쉽게 좌절할 것 같은 젊은 사람들이 애틋하기도 하고 안쓰럽기도 해서 격려해주고 싶습니다. 젊은 친구들을 격려하다 보면 어느새 그 말들이 스스로를 격려하고 있다는 것을 알게 됩니다.

젊게 살고 싶다면 나이 어린 친구들과 즐겁게 교제하는 것도 좋은 방법입니다.

휴일 산책의 즐거움

— 요코하마의 모토마치 거리. 예쁘고 세련된 가게들이 길게 늘어서 있습니다. 시간이 나는 일요일이면 가끔 이곳을 찾는데 특별히 뭔가를 사지 않고 둘러보기만 해도 즐겁고, 또 가끔 뜻밖의 물건을 만나기도 합니다.

얼마 전에도 옷감 등의 천을 파는 곳, 가구점, 서양식기 등을 둘러본 후 부티크에 들어갔습니다. 스웨터, 스커트, 스카프 등을 둘러보다 문득 가죽으로 된 빨간 벨트가 눈에 들어오더군요. 4센티미터 정도의 두께에 금속 버클이 자연스럽게 어우러져 있었습니다. 그날은 회색 바지에 터키석 같은 파란 스웨터를 입고 있었는데 그 위에 빨간 벨트를 매어보았는데, 회색과 블루에 차분한 빨간색이 어우러져 전체적으로 분위기가 가볍고 밝아졌습니다. 돈을 지불하고 벨트를 맨 채 부티크를 나왔습니다.

액세서리를 하지 않고 집에서 나와 옷차림에 어울리는 것을 골라 집으로 돌아가는 것도 휴일 산책의 즐거움입니다.

따뜻한 마음을 담아

호박목걸이

— 폴란드에서 어느 가정을 방문하게 되었는데, 그 댁 부인이 까만 터틀넥 스웨터에 가슴 아래까지 내려오는 누에콩만 한 알맹이의 긴 호박목걸이를 하고 있었습니다. 멋들어지고 아름다운 그 모습에 정신이 팔리고 말았지요. 호박이 러시아와 폴란드의 특산품이라고는 들었지만, 여행을 하면서도 이처럼 훌륭한 호박목걸이는 보지 못했거든요.

식사 뒤 내가 목걸이 이야기를 꺼냈습니다. 부인이 하고 있는 목걸이는 그분의 어머니가 할머니에게 물려받은 것으로, 적어도 삼대의 긴 세월이 지난 것이더군요. 까만 스웨터 위의 호박은 한층 더 빛깔이 선명해 보였습니다. 내가 목걸이의 아름다움에 감탄하자, 부인이 부엌 안쪽에서 가위를 가지고 나오시더니 목걸이를 빼서 가위로 줄을 싹둑 잘라서 너무도 놀라 아무 말도 못하고 있는 내 손 위에 호박 한 알을 올려놓았습니다. 어제까지는 알지도 못했던 사람에게, 그리고 내일이면 이곳을 떠나 일본으로 돌아갈 내게, 두 번 다시 만날 수 없을지도 모르는데 아무런 망설임 없이 아름다운 호박 한 알을 주신 것입니다.

나는 생각지 못한 훌륭한 배려를 기쁘게 받고 돌아왔습니다.

지금도 그 호박은 여전히 따뜻한 빛을 발하고 있습니다.

어떤 답례의 말보다 기쁜

— 선물로 스카프를 받았습니다. 한참 시간이 흐른 뒤, 오랜만에 스카프를 선물한 분과 만나게 되어 조금 망설이다 그 스카프를 하고 갔지요. 선물로 받은 스카프는 색과 모양이 마음에 들어서 자주 사용했기 때문인지 조금 지저분해진 듯했습니다. 더럽혀서 죄송한 마음도 들었지만 늘 하던 대로 하고 나갔습니다.

현관에 들어서서 코트를 벗고 스카프를 풀어 손에 들자 그분이 눈을 반짝이며 환한 얼굴로 말씀하시더군요.

"어머나, 그 스카프 매고 다니시는군요. 마음에 드신 것 같아 정말 기뻐요."

"너무 마음에 들어서 이것만 하고 다니는걸요." 나도 큰 소리로 말했습니다.

나중에 그분은 이렇게 매고 다녀주는 것이 어떤 답례의 말보다 기쁘다고 거듭 말씀하셔서 하고 오길 잘했다고 생각했습니다.

그 일이 있은 다음부터는 선물로 받은 것은 상대를 만날 때 가능하면 몸에 걸치려고 하고 있습니다. 몸에 걸치는 것이 아닌 경우에는 맛있었다거나, 사용해보니 편리했다는 말을 꼭 전하게 되었습니다.

말이란

— 말은 신기한 '생물체' 입니다. 평소에는 공기처럼 별 생각 없이 입에 담지만, 어떤 계기로 말에 대해 생각하다 보면 공기가 아니라 마치 아황산가스나 일산화탄소처럼 나쁘다는 생각도 하게 됩니다. 그렇지만 때로는 해변의 신선한 공기처럼 정반대로 느껴지기도 하니, 정말 말은 신기한 '생물체' 인 것 같습니다.

말에 대해 이렇게 골똘히 생각하게 되는 계기는, 따뜻한 말로 위로를 받았을 때가 아니라 대부분 말의 가시에 찔려서 슬플 때입니다.

말은 하기 나름이라는 옛 사람들의 가르침에 대해 생각하게 되는 것도 역시 마찬가지입니다. 굳이 그런 말까지 할 필요가 있었을까. 차라리 이렇게 말하면 더 좋았을걸 하고 아픈 말들을 스스로 부드럽게 고쳐 말해보며 찔린 가시들을 뽑을 수 있게 되기까지는 상당한 세월이 필요합니다.

말은 마음을 전하는 중요한 수단이라고 하지만 한 걸음 더 나아가 생각해보면, 말 자체가 '자기 자신' 이 아닐까 하는 생각도 듭니다. 그렇게 생각하면 할수록 역시 말은 살아 있는 '생물체' 입니다.

먼저 타세요

— 아주 추운 날 저녁이었습니다. 롯폰기 교차로에서 택시를 기다리는데 몸을 에는 듯한 바람이 때때로 불었습니다. 귀가 시간이라 좀처럼 빈 택시가 보이지 않았습니다.

나보다 먼저 와서 택시를 기다리는 남자들이 있었는데 두 청년 모두 장발에 짧은 가죽 코트와 청바지를 입었고 화판을 손에 들고 있었습니다. 청년들은 차도에까지 내려가 초조한 모습으로 택시가 오는지 살폈습니다. 약속 시간이 가까워진 나도 초조하기는 마찬가지였지만 두 사람이 택시를 타야 내 차례가 온다고 생각하고 있었지요.

한참 만에 아오야마 쪽에서 빈 택시 한 대가 나타나, 두 청년이 손을 들어 택시를 세웠습니다. 그 장면을 멍하니 보고 있는데 청년들이 나를 보고 커다란 몸짓을 하며 “양보할게요, 먼저 타시죠” 하고 생각지도 못한 말을 하는 것이었습니다. 기쁘면서도 덥석 타기는 너무하다 싶어 잠시 망설이다가 결국 호의를 받아들이기로 했습니다. 택시를 타고 뒤를 돌아보니 두 청년의 모습이 점점 작아지다 이윽고 보이지 않았습니다. 새삼 젊은 사람들의 마음을 소중히 여겨야겠다는 생각이 들었습니다.

마담

— "마담, 이것을 떨어뜨리셨어요."

뒤를 돌아보니 꽤 멋진 청년이 장갑을 내밀며 생긋 웃고 있었습니다. 저도 기쁜 마음으로 "감사합니다. 무슈" 하고 장갑을 받으며 역시 생긋 웃어 보였지요. 파리의 회색빛 겨울, 대학가에서 있었던 일입니다.

영화라면 분명 여기서 이야기가 시작되겠지만 현실은 유감스럽게 여기서 끝입니다. 예의바른 청년을 배웅하며 마담이라 불리는 것이 정말 기분 좋은 일이라고 생각했습니다.

프랑스에서는 여성이 결혼했든 안 했든, 젊든 젊지 않든 간에 똑같이 마담이라 부릅니다. 남자 어른을 모두 무슈라 부르는 것처럼, 직업의 여하나 지위의 높고 낮음, 그리고 나이도 상관없이.

그리고 보니 드골 장군이 세상을 떠났을 때, 퐁피두 대통령이 텔레비전에 나와서 프랑스 국민에게 "프랑세즈, 프랑세"라는 말을 꺼내며 드골의 죽음을 고했던 일이 떠오릅니다. 일본어에는 어째서 '프랑스의 여성들, 프랑스의 남성들'을 대신할 수 있는 말이 없을까요. 직역을 하면 전혀 멋진 느낌이 들지 않습니다.

이런 호칭은 각 나라의 습관이라고 한마디로 잘라 말하긴 뭣하지만, 일상에서 상대의 연령이나 직업 등과는 무관하게 평등한 호칭을 사용하는 것이 정말 좋아 보였습니다.

아주머니, 사모님, 부인, 어머니…… 상대에 따라 호칭을 바꾸곤 하는데 마담처럼 한마디로 모두를 똑같이 부르는 말이 있으면 좋겠습니다.

인사

── 친구 아파트에 놀러 갔을 때 일입니다. 초인종이 울려 친구가 현관으로 나갔는데 젊은 청년의 목소리가 들리더군요.

"오늘이 제 생일이라 저녁쯤에 친구 대여섯 명이 몰려올 것입니다. 악기까지 한두 개 들고 온다니 좀 떠들썩할 것 같네요. 시끄러워 폐가 될 줄은 압니다만 모쪼록 이해해주셨으면 합니다."

"아, 그러세요. 괜찮으니까 즐겁게 지내세요. 생일인 줄 알았으면 나도 뭔가 준비할 걸 그랬네요. 몰라서 미안해요" 하는 친구의 목소리도 들렸습니다.

"옆집에 사는 분 아들이야. 아들, 딸 모두 고교생이니 한참 놀고 싶을 때잖아. 그런데 부모님이 예의범절을 잘 가르치셨는지 이렇게 미리 양해를 구하러 왔네. 저렇게 인사를 하면 시끄럽다고 불평을 늘어놓진 못하지. 시끄러운 게 싫으면 영화를 보러 가든가 동생 집에 잠시 가 있으면 되니까" 하고 친구가 덧붙였습니다.

── 그 이야기를 들으니 언젠가 스포크 박사의 《육아전서》에서 읽었던 글이 생각났습니다.

아기는 안아달라고 칭얼대기도 하고 이가 나기 시작하면 밤에 자주 우는

데 그럴 때는 이웃에 폐가 됩니다. 특히 아파트 같은 곳에서는 아기 울음소리가 들리면 여간 신경이 쓰이는 게 아닌데 그럴 때는 이웃을 돌며 한마디씩 인사를 하라는 내용이었습니다.

밤중에 매일 아기가 울어대면 분명 주변 사람들도 힘들어집니다.

"지금 저희 아기가 이가 나기 시작했습니다. 그래서 밤에 자주 우네요. 매일 시끄럽게 해서 죄송하지만 당분간은 이해를 해주셨으면 합니다" 하고 미리 양해를 구해두면, 울음소리가 들려도 "옆집 아기, 지금 이가 나려고 저런다네요. 엊그제 태어난 것 같은데 정말 빠르죠? 당분간은 참을 수밖에" 하는 식으로 신기하게도 모두가 아기의 성장을 기뻐하며 참을 수 있을 것입니다.

꼭 아기가 아니더라도 주변에 폐를 끼칠 일이 있을 때는 이런 식으로 미리 인사를 나누는 것, 사람과 사람 사이의 윤활유가 되는 중요한 일이라고 생각합니다.

이름 외우기

── 외국계 회사에서 일하는 친구가 언젠가 이런 이야기를 했습니다.

"이번에 새로 부임한 지점장님은 일본 거래처를 처음 방문할 때 주요 고객들 이름을 모두 외우고 가셔. 비서인 내게 사람들 이름을 알파벳으로 써 달라고 한 다음, 그걸 큰 소리로 몇 번이나 반복해 외우셔. 발음이 어렵거나 좀처럼 외우기 힘든 이름들도 있는데 예를 들면 U로 시작되는 Uchida우치다는 미국식으로 발음하면 자꾸만 유치다가 되고, Inoue이노우에는 이누우에, 회사인 Kaisha카이샤는 케에샤가 되기도 해. 그것들을 하나하나 확인한 다음, 큰 소리로 몇 번이고 발음 연습을 해. 그렇게 사람들의 이름을 정확하게 외운 다음에야 고객을 만나러 간단다."

처음 만나는 사람의 이름을 듣고 그 자리에서 외우는 것은 상당히 어려운 일인데 외국인에게는 더더욱 어려웠을 겁니다.

친구 이야기를 듣고 작은 일에도 그처럼 노력을 기울이는 것은 자신의 일을 소중하게 여기는 자세이기도 하겠지만, 타인에 대한 엄격한 예의라는 생각도 들었습니다.

당신은 누구

— 사람을 만날 때 얼굴은 알겠는데 이름이 떠오르지 않아 곤란한 일이 자주 있습니다. 심할 때는 10분 이상 서서 이야기를 나누다가도 끝내 이름이 떠오르지 않아 '그럼 또 봐요' 하고 헤어질 때도 있습니다. 그래서 생각해낸 것이 와카和歌 5, 7, 5, 7, 7의 31자로 된 일본 고유의 정형시 작가인 가와다 준 씨입니다. 가와다 씨를 처음 뵌 것은 스미토모에 근무하실 무렵이었습니다.

가와다 씨는 몇 번을 만나도 먼저 "스미토모의 가와다입니다" 하고 큰 소리로 말씀하셨지요. "안녕하세요"라는 인사 대신 누구에게나 언제든지 그런 식으로 먼저 자기를 소개하셨습니다.

나도 가와다 씨처럼 사람을 만날 때면 반드시 먼저 내 이름을 말하게 되었는데 얼마 전 친한 친구가 내게 말했습니다.

"너는 전화할 때 반드시 네 이름을 먼저 이야기해줘서 좋아. 개중에는 자기 이름을 밝히지도 않고 바로 용건을 이야기하는 사람이 있는데, 목소리만으로는 어디의 누구인지 알 수 없어서 무척 곤란할 때가 많아. 특히 전화는 얼굴도 안 보이는데 말이야. 적어도 전화를 할 때는 먼저 어디의 누구인지 말해줬으면 좋겠어."

가와다 준 씨에게 배운 20년 가까이 된 습관입니다.

변함없이

— 오사카에 간 김에 예전에 신세를 졌던 분을 찾아뵈었습니다.

여든 중반이 지났지만 책을 좋아하시는 선생님은 그날도 여전히 책 속에 묻혀 연구 중이셨습니다.

"건강하신 것 같아 다행입니다."

오랜만의 인사에 선생님은 미소를 띠며 말씀하셨습니다.

"나처럼 나이 든 사람한테 '건강하신 것 같아 다행입니다' 하고 인사를 하면 건강하게 잘 지내는 것이 특별한 일처럼 들리지요. 사실 그다지 건강하지도 않은데 그런 인사를 들으면 왠지 건성으로 하는 인사처럼 들려요. 나이 든 사람한테는 '변함없다' 는 인사가 기쁜 법이라오. 나이 든 사람이 변함없을 리는 없거든. 매해 변해가는 자기 자신에 대해 노인들은 주변 사람들이 생각하는 것 이상으로 마음을 쓴다오. 그러니까 '변함없다' 는 말을 들으면 크게 안심이 되지요."

돌아오는 차 안에서 '변함없다' 란 말을 되풀이해보았습니다. 새로 좋은 말을 하나 배웠습니다.

편지

— 유키 시게코1900~1969, 소설가 씨가 돌아가시기 전입니다.

입원하셨다는 소식을 듣고 바로 문병을 가고 싶었지만, 감기 기운이 있어서 우선 편지를 드렸습니다. 그리고는 감기가 나은 후에 병원을 찾았을 때 시게코 씨가 나를 보시더니 말씀하셨습니다.

"편지를 받아서 얼마나 기쁘던지, 이렇게 여기 두고 몇 번이나 읽었답니다."

베개맡에는 말씀하신 대로 몇 통의 편지가 놓여 있었습니다.

우리는 누가 입원을 했다고 하면 과일이나 꽃을 사 들고 문병을 가는 것이 우선이라 생각합니다. 그리고 때로는 가야지, 가야지 하다가 그만 시기를 놓쳐 결례를 할 때도 있습니다.

유키 씨가 내 편지를 받고 그렇게 기뻐하시는 것을 보고, 입원을 하거나 병으로 집에 누워 있는 사람에게 편지를 보내는 것이 얼마나 큰 위로가 될까 생각해보았습니다. 유키 씨의 진심 어린 표정이 그 대답이었습니다. 과일이나 꽃을 들고 서둘러 가는 문병이 오히려 환자를 지치게 할 수도 있을 테니까요.

아침 소포

— 무척 분주한 아침, 우편배달부가 "속달입니다" 하며 소포를 건네고 갑니다. 큼직하고 네모난 소포를 받으면서도 어디서 누가 보냈는지 짐작이 가지 않았습니다. 주소를 확인해보니 사가현 카라츠에서 도자기 공부를 하고 있는 친구였습니다.

이미 오래 전에, 카라츠 도자기를 갖고 싶다는 이야기를 문득 그 친구에게 한 적이 있는데 그 도자기를 찾아 보내준 것입니다. 가슴이 두근거렸고, 오랜 약속을 잊지 않고 기억해준 것이 기뻤습니다. 조심스럽게 소포를 뜯어보니 신문지에 둘둘 감긴 작은 뚜껑이 달린 그릇이더군요. 따뜻한 느낌의 엷은 갈색 바탕에 남색 새 두 마리가 그려진 심플한 무늬의 그릇이었습니다.

그릇 크기 치고는 좀 무겁다 싶어 뚜껑을 열어보고는 깜짝 놀랐습니다. 그릇 안에는 윤기가 흐르는 성게젓이 가득했습니다. 편지에는 "직접 절인 성게젓입니다"라고 적혀 있었습니다. 그날 저녁 식탁에 올려놓고 가족들과 함께 맛보았습니다.

새 두 마리가 날아 왠지 한가로운 기분이 들게 하는 뚜껑을 어루만지며, 나는 카라츠에서 열심히 도자기 수업을 하고 있는 친구가 부러웠습니다. 자기가 직접 구운 그릇에 직접 절인 성게젓을 담아 사람들에게 기쁨을 나눠주며 살고 있기 때문입니다.

지금 내게는 누군가에게 직접 만들어줄 수 있는 것이 아무것도 없습니다. 그날 저녁엔 다른 때보다 더욱 마음을 담아 펜을 들고는 내가 할 수 있는 얼마 안 되는 것 중의 하나인, 고맙다는 편지를 썼습니다.

긴자의 무지개

— 긴자 거리를 서둘러 걷고 있을 때였습니다. 맞은편에서 오던 사람이 내게 말을 걸었습니다.

"무지개예요." 사무실에서 입는 유니폼 차림의 수수한 여자 분이었습니다. 깜짝 놀라 쳐다보니 싱글벙글 웃으시더군요. 무지개……, 무슨 말인가 생각하다 아, 무지개 하고 또 한번 놀랐습니다.

"저기요, 예쁘죠."

뒤를 돌아보니 10층짜리 낡은 빌딩 위에 커다란 무지개가 걸려 있었습니다. 내게 그 사실을 알려준 사람은 신호가 파란불로 바뀌자 횡단보도를 건너갔습니다.

무지개를 본 것이 몇 년 만일까요. 하늘은 반짝반짝 빛나고 비가 온 기색도 없는데 무지개가 떴습니다. 일기예보에서 곳에 따라 강한 비가 온다고 했는데, 어딘가에서 내린 비로 무지개가 만들어졌나 봅니다.

주변을 둘러보니 긴자 거리를 오가는 사람들은 모두 바쁜 걸음으로, 모처럼 떠 있는 무지개를 알아차리지 못했습니다. 그래서 그 사람도 내게 "무지개예요" 하고 알려준 것이겠지요.

"무지개가 떴어요!" 한 명이라도 더 많은 사람이 알 수 있도록 나도 큰 소리로 말했습니다. 무지갯빛 벨트를 맨 하늘이 무척 아름다웠습니다.

코바늘로 짠 아기곰 푸

── 어린아이들이 놀러 왔기에 《아기곰 푸》를 읽어주었는데 한 아이가 갑자기 "아기곰 푸를 만들어줘요" 하는 것이었습니다.

천으로 된 곰 인형이 갖고 싶은 거겠지요. 어떻게 하나 생각하다가 쓰다 남은 털실이 많다는 것이 떠올랐습니다. 그것들을 꺼내 그림책을 보며 우선 아기곰 얼굴을 코바늘로 떴습니다.

"코가 위를 보고 있어요."

"귀가 너무 커요."

아이들이 갖가지 주문을 해옵니다. 코바늘이니 풀기도 쉬워서 주문대로 크게 했다 작게 했다 하면서 떴는데 빨간 혀와 꼬리까지 달았을 때는 벌써 해가 뉘엿뉘엿 지고 있었습니다.

코바늘 하나와 남은 털실로 아기곰 푸와 펭귄과 고양이가 태어났습니다. 아이들도 좋아했지만, 나도 오랜만에 동심으로 돌아가 유쾌하고 소중한 시간을 보냈습니다.

뉴욕에서 맞은 생일

— 뉴욕에 있을 때, 어느 날 친구의 제안으로 대여섯 명이 함께 외식을 하러 갔습니다. 식사가 거의 끝나갈 무렵, 새하얀 옷의 웨이터가 촛불을 켠 작은 생일케이크를 들고 나왔습니다. 우리 테이블 가까이 왔나 싶더니, 놀랍게도 내 앞에 케이크를 놓는 것이었습니다. 친구들이 일제히 '해피 버스데이' 하고 노래를 부르기 시작했고요. 뉴욕에 온 지 얼마 되지 않아 마음도 부산하던 터라 내 생일을 깜빡 잊고 있었는데 갓 사귄 그곳의 친구들에게 생일 축하를 받으리라고는 생각지도 못했습니다.

우리 테이블이 떠들썩하자 어느새 레스토랑에 있던 사람들 모두가 하나가 되어 노래를 부르고 노래가 끝나자 일제히 박수를 보내주었습니다. 가까운 테이블에 있던 사람들은 다가와서 축하해요 하며 악수를 청하기도 하고요. 뜻밖의 축하에 너무도 기뻐 눈물이 났습니다. 그날 일은 평생 잊지 못할 것 같습니다.

하지만 어떻게 내 생일을 알았는지, 그때는 신기하기만 했습니다.

얼마 전 도쿄에 사는 미국인 댁을 찾았는데, 마침 카드 정리를 하고 계셨습니다. 엽서 크기만 한 카드에 이름과 주소, 전화번호, 그리고 주소 아래에 존, 메리라고 적혀 있어서 물어봤더니 그 사람의 아이들 이름이라고 하더군요. 그 밖에도 생일일까요, 날짜도 적혀 있었습니다.

사람들의 이름을 외우고 존중하며 누구의 생일이든 함께 기뻐해주는 기풍은 이런 카드를 만들면서 시작된 게 아닐까요.

저희 집으로 가시겠어요

— 폴란드에 가서는 여성들의 멋진 활약에 감동했습니다. 제2차 세계대전이 발발하기 전부터 남녀공학을 개설한 역사가 있는 나라답게 여성의 지위가 정말 높은 것 같았습니다. 관공서 등의 요직에 있는 여성들도 많고, 역시 퀴리 부인을 배출한 나라구나 싶을 정도로 과학자나 의사도 많았습니다. 그리고 모두가 상냥하고 아름다웠고요.

에바 부인도 그중 한 사람으로 외국의 음악가를 초청하거나 자국의 음악가들의 외국 공연을 돕는 기관에서 일하고 있었습니다. 어느 토요일 오후의 파티에서 남편과 함께 온 에바 부인을 만났습니다. 입식 파티여서 오랫동안 서 있던 내 얼굴에 피곤한 기색이 역력했던지 에바 부인이 "저희 집으로 가시겠어요? 편히 앉아 쉴 수 있을 거예요" 하고 권하셨습니다. 염치불구하고 기꺼이 젊은 부부의 집으로 갔습니다.

바르샤바 교외에 있는 아파트였습니다. 7층에 있는 그 댁의 테라스에서 바라본 넓은 하늘과 석양은 눈이 시리도록 아름다웠습니다. 긴 소파에 깊숙이 앉아 하늘을 바라보고 있는데 부엌에서 맛있는 냄새가 난다 싶더니, 부인이 어느새 따뜻한 오픈샌드위치와 밀크 티를 내왔습니다. 오픈샌드위치는 잘게 다진 샹피뇽과 파슬리, 그리고 버터를 듬뿍 얹어 오븐에 구웠는데 정말 맛있었습니다.

“파티 음식들이 차가워서 따뜻한 걸 먹고 싶었어요.”

버섯을 뜻하는 ‘피에차르크키’ 라는 폴란드어와 함께 나는 에바 부인의 따뜻한 배려를 잊을 수가 없습니다.

이삿날 아침에 받은 선물

— 이사를 하는 아침입니다. 오후에는 짐을 보내야지 하는 각오로 열심히 정리를 하고 있는데, 뜻밖에도 친구가 출근 길에 찾아왔습니다. 도와주지 못해 미안하다며 쇼핑백을 내밀고 갔는데 안을 보니 초콜릿과 걸레 세 장이 들어 있더군요. 새 수건을 적당한 크기로 접어 꿰맨, 한눈에도 사용하기 좋아 보이는 걸레였습니다.

그리 오래 사귀거나 깊은 속내를 나누지 못한 친구지만 뭐라고 할까요, 무슨 일이 생겨 이야기를 하면 잘 들어줄 것 같은, 그런 생각이 들게 하는 친구입니다. 그래서 함께 식사라도 할 때면 언제 시간이 지났는지도 모를 정도로 즐겁습니다. 워낙 천성이 그런가 싶기도 하고, 자기 일에 자신감을 가진 사람들의 몸에 밴 자연스러운 너그러움이라는 생각도 들었습니다.

그러고 보니 감기에 걸려 며칠을 집에 있을 때는 밝은 색 립스틱을 선물로 주기도 했습니다. 초등학생들이 좋아할 것 같은 연필깎이를 받은 것도 잊을 수 없고요. 연필깎이를 찾지 못해 허둥대던 내 모습을 목격했던 것이겠지요. 오랜만에 식사라도 하자고 해서 약속한 레스토랑으로 나갔더니, '서점에 갔다 우연히 이게 눈에 띄어서' 하면서 연필깎이를 내미는 것이었습니다. 그저 선물을 잘 고르는 친구라고만 하기에는 설명이 부족한 것 같습니다. 잘하고 못하는 것이 아니라 성품이 선하고 세심하다는 증거가 아닐까요.

이삿짐이 나간 텅 빈 집에서 마지막 걸레질을 하고 초콜릿을 입에 넣었습니다. 달고 부드러운 초콜릿이 지친 몸을 위로하며 마음까지 부드럽게 해주는 것 같았습니다.

그날 안에

── 차나 저녁 초대를 받았을 때, 일 때문에 성가시게 했을 때, 선물을 받았을 때는 편지로 인사를 하는 것이 당연하지만 요즈음은 대부분 전화로 간단히 끝내고 맙니다. 또는 답례로 뭔가를 보내야지 하다가 바쁘다는 핑계로 무심코 흘려보내다 보면, 너무 늦어져 새삼스러운 마음에 아무런 인사도 못하게 되어 결국 불편해지는 일이 자주 있습니다.

그래서 요즈음은 감사하다는 인사만은 바로바로 하기로 마음먹었습니다. 감사편지를 보내고 나면 정말로 마음이 가벼워집니다. 또 그 이후부터 편지지나 봉투를 사는 즐거움도 생겼는데 가끔은 편지 대신 예쁜 카드에 쓰기도 합니다.

그날 할 일을 그날에 끝내는 기쁨이라고 하면 조금 과장이겠지만, 귀찮았던 편지쓰기도 힘들지 않게 되었으니 신기한 일입니다.

간병인 문안

—— 병원에 입원하신 분에게 가져갈 물건을 고르는 것은 정말 고민스러운 일입니다. 금방 떠오르는 것은 꽃이나 과일이지만, 얼마 전에 친한 분이 입원하셔서 이런저런 고민을 하다 치라시즈시생선과 달걀부침, 양념한 채소 등의 고명을 얹은 초밥를 만들어 찬합에 담아 갔습니다. 그리고 며칠 후에는 닭고기를 넣은 고모쿠고항생선이나 야채, 고기 등의 여러 가지 재료를 섞어서 지은 밥, 그리고 또 한 번은 유부초밥을 만들어 갔습니다.

이윽고 퇴원하신 지인으로부터 내 병문안이 정말 기뻤다는 편지를 받았습니다.

오랫동안 병실에 누워 있다 보면 곁에서 간병하는 가족들이 가장 마음이 쓰이고 병원 식당에서 적당히 끼니를 때우는 것이 늘 미안했는데, 내가 초밥 등을 가지고 와서 병실을 지키는 가족들이 무척 기뻐하며 맛있게 먹었다고 하셨습니다. 그리고 내 배려에 가슴이 뜨거울 정도로 감사하다는 말씀도.

병문안을 갈 때 환자를 먼저 생각하는 것은 말할 필요도 없지만, 오랫동안 곁에서 함께 고생하는 가족들을 배려하는 것도 좋을 듯합니다.

거절하는 법

—— "더 드시겠어요?" "이것도 드세요."

손님과 식사를 하거나 차를 마실 때, 상대방이 권하는데 배가 불러 더 이상 먹을 수 없다면 어떤 말과 표정으로 거절하면 좋을까요. 쉬운 일인 것 같으면서도 의외로 어려운 일입니다.

"아니요, 됐어요" 하고 거절했다고 생각해봅시다. 정색을 하고 말했다면 상대가 어떤 기분일까요.

"고맙습니다. 그런데 너무 많이 먹어서 배가 부르네요" 하고 즐겁고 정말 음식을 만끽했다는 표정으로 말하는 것과는 크게 다를 것입니다.

'노탱큐' 의 예의라고 할까요. 사소한 일인 것 같지만 사람들과의 관계에서는 이런 작은 일들이 중요합니다.

—— 가족 간에 뭔가를 거절하는 것도 쉬운 일은 아닙니다. 부모 형제 간은 어떤 관계보다 깊은 애정으로 서로를 허락한 관계지만, 그만큼 상대에게 큰 상처가 되는 말을 입에 담을 때가 많습니다.

어떤 친구가 피를 토해 입원했을 때, 병원에 달려온 어머니가 너무도 가슴을 졸여서 환자를 보자마자 "아이고, 이런 망할 것!" 하고 말씀하셨는데 환자는 매우 민감한 상태였기 때문에 이 "망할 것' 이라는 말에 크게 상처를 받았다고 하더군요.

때로는 가족이기 때문에 더욱 말을 골라 해야 할 때가 있습니다. 가까운 사람의 말이야말로 기쁠 때나 슬플 때, 가슴 깊이 남기 때문입니다.

선물

— 크리스마스나 설날은 선물이 오가는 때입니다. 이맘때면 늘 센스 있는 선물을 주던 이모님 생각이 납니다. 고가의 특별한 선물이 아니라 늘 내가 갖고 싶었던 것을 주셨기 때문입니다. 멋진 색깔의 따뜻한 머플러, 수가 놓인 손수건 등 받는 사람에게도 정성이 느껴지는 것들입니다.

어떻게 늘 그렇게 마음에 드는 선물을 고르는지 언젠가 여쭤본 적이 있습니다. 이모님은 자기가 좋아하는 것, 갖고 싶은 것을 주는 것뿐이라고 하셨습니다.

급히 선물을 사러 가는 것이 아니라 평소 외출 중에 자기가 좋아하는 것, 갖고 싶었던 것들을 사 둔다는 겁니다. 급히 선물을 장만하려다 보면 좀처럼 마음에 드는 것을 찾기 힘들었던 적이 누구에게나 있을 것입니다.

요즘은 나도 이모님의 흉내를 내어 내가 갖고 싶은 브로치나 목걸이, 작은 접시, 테이블클로스, 그리고 캔에 들어 있는 초콜릿 등을 내 것인지 선물인지 구별이 어렵게 조금씩 모으고 있습니다.

— 일 년에 한두 번쯤일까요. 친구가 갑자기 찾아올 때가 있습니다.

"이거, 지난번보다 맛있게 만들어졌어" 하며 파운드케이크가 들어 있는 하얀 상자를 내밉니다.

밀가루와 설탕, 달걀을 잘 섞어 건포도를 넣고 파인애플과 플럼을 얹어 오븐에 직접 구운 것입니다. 맛있는 파운드케이크 냄새가 집 안을 채우고 차를 마시며 즐거운 이야기를 나누다가 “다음에는 더 맛있게 구워 올게” 하면서 친구가 일어섭니다. 이런 정성어린 선물을 주고받을 수 있다는 것이 기쁩니다.

감기 때문에 기운이 없을 때 ‘몸조리 잘해. 오늘 저녁은 푹 쉬고’ 하는 짧은 메시지와 함께 자몽 두 개를 받은 적도 있습니다. 자몽을 받은 것도 기뻤지만 따뜻한 메모는 더욱 잊을 수 없습니다.

튤립 구근

— 유럽 여행에서 돌아온 친구가 선물이라며 튤립 구근을 내밀었습니다. 큰 표고버섯 주머니 같은 망사 주머니에 울퉁불퉁 들어 있는 구근은 전혀 선물이라는 느낌이 들지 않았습니다. 네덜란드 암스테르담에 들렀다 공항에서 사 온 것이라고 했습니다.

작년 9월 말쯤, 튤립 구근을 그대로 둘 수 없어서 집에 오는 길에 꽃집에 들러 초벌구이한 화분을 다섯 개 사면서 어떻게 심으면 되는지 물어보았습니다.

화분 하나에 구근을 두 개씩 심고 가끔 물을 준 것뿐인데, 올해 초 작은 싹이 파랗게 모습을 드러냈습니다. 하나, 둘, 셋 싹을 틔우는 시기는 조금씩 달랐지만 그래도 모두 모습을 드러냈습니다.

깨끗한 운하의 도시 암스테르담 교외에 끝없이 펼쳐진 꽃밭이 눈앞에 아른거리고, 매일 아침 조금씩 자라는 싹을 바라보는 것이 큰 즐거움이 되었습니다. 네덜란드의 튤립 밭에서 자란 구근이 하늘을 날아 먼 일본에 있는 우리 집 베란다에서 자라고 있는 것입니다. 잘 키워야겠다는 생각에 열심히 돌보았습니다.

이윽고 꽃망울이 지더니 4월 초에 노란 첫 꽃이 피었습니다. 그 다음에는 빨강, 이어서 흰색 꽃이 피었고요. 꽃이 필 무렵이 되면 하루가 다르게 줄기가 쭉쭉 뻗다가 갑자기 꽃잎을 활짝 여는 튤립이 신기했습니다.

초등학교에 갓 입학해 그렸던 튤립 그림과 정말 똑같이 생긴 것도 왠지 신기했습니다. 하지만 안타깝게도 3분의 1은 결국 꽃을 피우지 못했습니다. 내가 잘 키우지 못한 탓이지요.

이제 화분에는 잎들만 남았습니다. 구근을 캐야겠다는 생각에 비료와 물을 계속 주고 있는데, 무사히 튤립 구근을 캐서 내년에도 꽃을 피우게 할 수 있을지, 지금 집안 식구 모두가 걱정스러운 눈으로 바라보고 있습니다.

—— 외국에 갔다 온 선물로 향수나 브로치를 받는 것도 기쁘지만, 이 구근은 반년 동안이나 내게 기르는 기쁨과 기다리는 즐거움을 맛보게 해주었습니다. 처음 구근을 받았을 때는 반년 후 이렇게 사랑스러운 모습으로 변신하리라고는 생각지도 못해서 '어머, 구근이네' 하며 별로 기뻐하지 않았던 것이 부끄러웠습니다.

튤립을 선물해준 친구에게 정말 고마웠다는 전화라도 할 생각입니다.

촛불 하나

— 늦가을 뉴욕의 낮 시간입니다. 햄버거와 치즈케이크가 맛있는 소박한 가게에서 두 노부인이 누군가를 기다리는 얼굴로 커피를 마시고 있었습니다. 빈자리의 주인공으로 보이는 노부인이 나타나자 이곳의 풍습인지 번갈아가며 어깨를 감싸고 볼을 비비며 인사를 나누더군요.

이윽고 새로 커피 한 잔과 치즈 케이크 세 접시가 나왔습니다. 그런데 나중에 온 노부인의 케이크에는 작은 장밋빛 촛불 하나가 따뜻하게 흔들리고 있었습니다.

"해피 버스데이!" 하는 소리가 들렸는데 나중에 온 부인의 생일인 듯했습니다. 좋아하는 케이크 한 조각과 커피. 저 세 부인이 어떤 삶을 살아왔는지는 알 수 없으나, 주변 사람들과 친구를 소중히 하는 따뜻한 마음으로 살아오지 않았을까 하는 생각이 들었습니다.

그리고 머지않아 다가올 나의 노후의 모습을 그려보았습니다.

나를 돌아본다

여자의 손 일

— 한 달 정도 걸려 크림색 스웨터를 떴습니다. 마름모와 꽈배기 무늬를 넣어 뜨는 것은 내게 꽤 복잡한 작업이었습니다. 이렇게 시간이 많이 걸리는 뜨개질은 서두르지 않고, 그러나 쉬지 않고 매일 일정한 시간 바늘을 움직이는 것이 중요합니다. 나도 매일 저녁 한두 시간씩 바늘을 움직였습니다.

뜨개질이란 여행과 같다는 생각이 듭니다. 메리야스뜨기로만 스웨터를 뜨는 것은 신칸센을 타고 여행하는 것과 같고, 무늬를 넣어가며 뜨는 것은 각 역마다 정차하는 긴 여행 같은데 그것도 덜컹덜컹 완행열차를 타고 가는 기분이 듭니다. 만들어진 모양을 만져보고 대보고, 굳어진 어깨를 풀면서 다시 출발. 시작한 여행은 이르든 늦든 반드시 끝이 납니다. 여행이 끝나면 다시 새로운 여행을 떠나고 싶어집니다.

뜨개질 하는 것을 보면 그 사람의 성격을 알 수 있습니다. 처음에는 열심히 뜨다가 갈수록 흐지부지해져 결국 끝까지 뜨지 못하는 사람, 금방 풀어버리는 사람, 잘못돼도 결코 앞으로 돌아가지 않는 사람, 너무 서둘러 지치고 마는 사람, 그런 기질을 다스려가며 여행이 시작되고 그리고 끝이 납니다.

끊임없이 손을 움직이다 보면 이런 생각이 듭니다. 일찍이 여성들은 가족의 옷이나 천도 직접 만들어왔고 집안일이나 농사일을 하면서 틈틈이 옷감을 짰는데, 지금도 그 일들은 다양하고 아름다운 무늬나 전통 옷감으로 남아 있습니다.

여성들은 어떤 마음으로 배색을 하고 모양을 만들며 실을 물들였을까요. 한 올 한 올 짜는 손끝에서 생각지도 못한 아름다운 무늬가 만들어졌을 때는 얼마나 가슴이 두근거렸을까요. 그런 즐거움이 힘들고 고생스러운 작업을 견디게 해주지 않았을까요.

이제 곧 가을입니다, 뜨개질이 어울리는 계절이 가까워졌습니다.

만남과 이별

— 가을날 친구 셋이서 교토의 사가노를 거닐었습니다. 아침 일찍 도쿄의 집에서 나와 신칸센을 타면 얼마든지 하루 만에 교토까지 다녀올 수 있습니다.

아라시야마 역에 내렸을 때는 이미 관광객들로 떠들썩했습니다. 관광객들의 뒤를 따라가면 그곳 지리에 익숙지 않은 사람이라도 자연스럽게 노미야 신사나 라쿠시사落柿舍, 니손인二尊院, 그리고 기오지祇王寺, 아다노仇野의 염불절로 가는 사가노 거리를 돌아볼 수 있습니다. 대나무가 빽빽이 들어서 있고 그 사이로 비쳐드는 햇살을 받으며 걷는 길은 평소의 근심을 잊게 해주었습니다. 정말 청명한 가을 하루였습니다. 사진을 잘 찍는 친구 한 명은 연신 셔터를 눌러댔습니다.

그날 나의 목표는 기오지에서 밤과 팥을 넣은 찰밥을 점심으로 먹고, 찻집에 들어가 말차를 마시며 쉬다가 돌아오는 길에 천류사 경내에서 따끈한 두부를 맛보는 것이었습니다.

우리 중에서 가장 전통적인 것을 좋아하는 또 다른 친구는 니손인의 다실과 정원, 기오지의 정원과 천류사 정원을 둘러보는 것이 목표였는데 세 사람 모두 관심 있는 분야가 달랐지만, 도중에 밀짚색 스웨터에 갈색 스커트 차림의 세련된 관광객을 만났을 때는 세 사람이 동시에 뒤를 돌아보는 등 부드러운 가을 햇살 아래서 즐거운 하루를 보냈습니다.

그리고 겨우 3년밖에 지나지 않았는데, 함께 갔던 친구 한 명이 올 5월에 암으로 세상을 떠났습니다. 너무나도 갑작스러운 이별이었습니다. 사진을 좋아하던 친구였고 그녀가 찍은 타키구치데라瀧口寺의 단풍 사진이 이렇게 내 앞에 있는데, 사진을 찍은 사람은 이젠 없습니다. 또 한 친구는 뜻한 바가 있어 해외에 나가 있습니다.

이렇게 되리라고는 누구도 상상하지 못했던 가을 하루였습니다.

입는 옷, 안 입는 옷

—— 작년 한 해 동안 어떤 옷을 가장 많이 입었는지 봄, 여름, 가을, 겨울로 나누어 떠올려보았습니다. 우연히 눈에 띄어 구입했거나 만든 옷보다는 필요에 의해 깊이 생각한 다음 구입한 옷을 자주 입는다는 것을 알았습니다.

가장 즐겨 입은 옷은 역시 차콜 그레이의 플란넬Flannel 슈트였습니다. 스커트는 타이트하지 않고 약간 개더가 들어간 디자인인데, 개더가 있어서 바닥에 앉더라도 무릎을 덮을 수 있고, 또 오래 차를 타야 할 때도 플란넬 천이라 주름이 전혀 생기지 않습니다.

다음으로 자주 입은 옷은 헐렁한 장밋빛 색 드레스Sack Dress인데 셔츠칼라의 헐렁한 드레스는 팔을 위아래로 자유롭게 움직일 수 있어 매우 편합니다. 저지 소재의 그린 투피스도 자주 입었더군요. 이 투피스는 색도 마음에 들지만 입기 편한 소재여서 자주 입었던 것 같습니다. 그리고 까만색 스웨터, 빨간색 재킷, 감색 판탈롱에 프린트 무늬의 긴 소매 셔츠. 여름에는 흰 바탕에 밝은 꽃무늬 원피스나 도트 무늬의 민소매 투피스.

그러고 보니 입기 편한 옷들을 자주 입었더군요. 편하다고 해서 결코 헐렁헐렁한 옷은 아닙니다. 내 몸에 꼭 맞아 조일 곳은 조이고, 소매폭 등이 팔을 올렸다 내렸다 하기에 알맞고, 스커트의 허리도 꼭 맞아 기분이 좋은 상태, 입는 사람을 불편하게 하지 않는 옷입니다.

반대로 지나는 길에 눈에 띄어 우연히 산 옷이나 바겐세일이라 무턱대고 산 옷, 친구 쇼핑에 따라갔다가 충동 구매를 한 옷은 왠지 그다지 입지 않은 것 같습니다. 그런 옷들은 옷장 속에 그대로 방치되어 있어서 볼 때마다 괜히 구입했다 싶어 후회하게 됩니다.

옷을 살 때는 깊이 생각하고 사야 한다고 마음먹으면서도 막상 그 상황이 되면 똑같은 일을 반복하니, 아무래도 옷을 살 때면 이성적인 판단을 하기가 힘든 게 아닌가 싶습니다. 나중에 후회한다는 사실을 잊어버리니 말입니다.

어떻게 얼굴을 씻나요

— 나카무라 토시로 선생님을 만나 이야기를 나누던 중 얼굴을 씻는 방법이 화제가 되었습니다. "여러분은 어떻게 얼굴을 씻습니까?" 선생님이 물어보셨습니다.

사람의 얼굴은 눈썹, 속눈썹, 솜털 등이 모두 위에서 아래를 향해 나 있기 때문에 깨끗하게 씻으려면 손을 아래서 위로 움직여야 합니다. 그렇게 하면 모공까지 깨끗하게 씻을 수 있습니다.

그런데 대부분의 사람들은 손에 비누칠을 하고 이마와 뺨, 턱의 순으로 손을 위에서 아래로 쓸어내립니다. 얼굴을 씻고 타월로 닦을 때도 위에서 아래로 움직이고 로션을 바르거나 크림을 바를 때도 마찬가지고요. 하루에 몇 번이나 위에서 아래로 얼굴을 쓸어내리는지 세어보면 정말 대단한 횟수입니다.

깨끗하게 씻는 것도 중요하지만 아래에서 위로 씻어야 하는 더 중요한 이유가 있습니다. 어린아이가 나이 든 사람의 얼굴을 그릴 때는 대부분 코에서 입가 양쪽에 팔자주름을 그려 넣는데 그렇게 되면 어떤 얼굴도 금방 노인으로 변합니다.

선생님은 위에서 아래로 쓸어내리며 씻는 것이야말로 팔자주름을 만드는 지름길이라고 하셨습니다.

— 정말 그렇더군요. 대충 세어보니 나는 하루에 200번 정도 얼굴을 위에서 아래로 쓸어내리며 열심히 주름을 만들고 있었네요.

선생님은 손을 지금까지와는 반대로 아래에서 위로, 그러니까 턱에서 뺨 그리고 이마 순서로 움직이고, 특히 입가와 코 양쪽의 주름이 생기기 쉬운 곳은 손가락으로 펴는 것처럼 씻으라고 하셨습니다. 물론 얼굴을 닦을 때나 로션을 바를 때, 크림을 바를 때도 마찬가지고요.

사소한 일이지만, 10년 혹은 20년 동안 계속 위에서 아래로 얼굴을 씻는 사람과 아래에서 위로 씻는 사람은 주름 모양이 분명히 다를 겁니다.

이야기를 들은 그날부터 바로 실천에 옮겼습니다. 처음에는 조금 어려웠지만, 조금씩 익숙해지자 자연스럽게 손이 아래에서 위로 움직였습니다. 그리고 이 방법이 더 씻기 쉽고 얼굴이 처지는 것도 막아주는 것 같았습니다.

하루라도 젊고 아름답게 살기 위해서는 작은 마음가짐이 중요합니다.

나이를 먹는다는 것

── 세수를 하고 여느 때처럼 거울을 보니 왼쪽 눈 아래로 작고 거뭇거뭇한 것이 눈에 띄었습니다. 뭐가 묻었나 싶어 비벼보았지만 없어지지 않았습니다. 그 보기 싫은 얼룩이 기미라는 것을 금방은 깨닫지 못했고 인정하기 싫었지만 그것은 틀림없는 기미였습니다. 드디어 기미까지……. 티였다면 얼마나 좋았을까요. 이렇게 어느새 우리는 나이를 먹어갑니다.

그리고 얼마 뒤, 우연한 기회에 거울에 비친 내 다리를 보았는데 역시 거뭇거뭇한 기미가 보였습니다. 어째서 이런 게 생겼을까 곰곰이 생각해보니, 테이블에 부딪쳐서 생긴 자국이 그대로 기미가 된 것 같았습니다.

그러고 보니 요즘 다리를 부딪치는 일이 자주 있습니다. 어렸을 때 난 상처는 금방 낫고 거의 흉터도 남지 않지만 요즘은 마음이 그래서일까요. 낫는 것도 더디고 조그만 상처도 흉터가 뚜렷이 남습니다. 이러면서 나이를 먹어간다고 생각하니 어쩐지 쓸쓸한 생각이 듭니다. 그래서 자연스럽게 생기는 기미는 어쩔 수 없다 하더라도, 자칫 실수로 얼굴이나 다리에 흉터를 남기지 않도록 평소에 조심해야겠다는 생각을 합니다.

늘 10년은 젊어 보이는 친구가 있는데, 그 친구는 다리가 무척 예쁩니다. 언젠가 그런 이야기를 했더니 친구가 말하더군요.

"다리는 매우 중요해. 사람은 다리부터 나이를 먹으니까. 그래서 저녁에

목욕을 하고 나면 반드시 마사지를 하는데 부딪쳐서 다리에 멍이 들었을 때는 아침저녁으로 두 번도 한단다. 그리고 무엇보다 다리 마사지를 하면 신기하게도 머리까지 가벼워져."

이제부터라도 다리에 좀 더 신경을 써야겠습니다.

자기의 눈 남의 눈

— 늘 다니는 미용실에 갔습니다. 그런데 담당 미용사의 어머니가 병중이라서 안 나왔기에 할 수 없이 다른 미용사에게 부탁했습니다. 이렇게 저렇게 해달라 하기도 귀찮았지만 한편으로는 모험심이 발동하더군요.

"오늘은 당신한테 맡길게요. 어울리는 스타일로 해주세요."

새로운 미용사는 조금 망설이는 듯하더니 늘 위로 올리는 앞머리를 앞으로 내리고, 옆머리에 컬을 넣지 않은 차분하고 부드러운 스타일로 만들어 주었습니다.

거울에 비친 모습이 평소와 달랐습니다. 쇼윈도를 지날 때마다 비치는 모습이 나쁘지 않아서 왠지 자신감까지 생겨 집으로 돌아왔습니다. 가족들도 젊어 보인다, 머리가 얌전해져서 얼굴이 더 또렷해 보인다는 등 의견이 분분했는데 내가 보기에도 더 나은 것 같았습니다.

친구를 만나 그런 이야기를 하자 친구도 같은 경험이 있었다고 하더군요. 여행지에서 머리를 매만질 일이 있었는데, 남자 미용사에게 특별한 주문을 않고 맡겼더니 역시 지금까지와는 다른 분위기의 멋이 느껴져 이후로는 그 스타일을 유지하고 있다고 했습니다.

가끔씩 헤어스타일을 바꾸는 것도 기분 전환에 나쁘지 않은 것 같습니다. 머리가 긴 사람은 과감하게 잘라보고, 앞머리를 내렸던 사람은 올려도 보고, 짧았던 사람은 조금 길러도 봅니다. 옷을 바꾸는 것도 좋지만 헤어 스타일을 바꾸는 것은 몸의 형태를 바꾸는 것만큼 분위기가 많이 달라집니다.

이번 여름에는 과감하게 헤어스타일을 바꾸어보면 어떨까요. 스타일에 따라 분명히 10년은 젊어 보일 겁니다. 만약 실패했다 하더라도 3개월만 참으면 다시 원상태로 돌아가니 너무 걱정하지 않아도 좋겠지요.

조명

— 어느 날 스위치를 켜자 '파박' 하는 소리와 함께 전기가 나갔습니다. 다음 날 새 전구로 갈아 끼우고 스위치를 켜자 뜻밖에도 평소보다 어두운 것 같았습니다. 새로 산 전구가 그전 것보다 어두웠던 것이지요. 조금은 침침한 듯한 전등 밑에서 새삼 방을 둘러보니 어쩐지 방 분위기가 달라 보여 깜짝 놀랐습니다. 어두운 만큼 방이 차분하고 안정돼 보이더군요. 젖빛 전등이 훨씬 부드럽고 따뜻한 빛을 발하고 있었습니다.

방이 밝고 화사해 보이는 것이 좋을 때도 있고, 또 어떤 날은 차분하고 흐릿한 불빛 아래가 더 좋을 때도 있습니다. 요즘은 밝기를 조절할 수 있는 전구가 있다는 것은 알았지만, 그 효과를 새삼 확인했습니다.

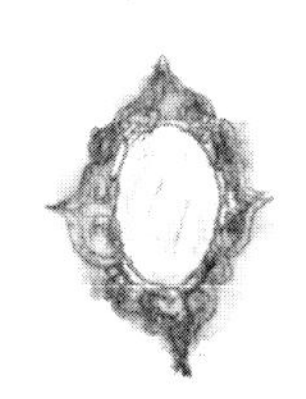

초대의 기쁨

방문을 마치고

― 일 년에 몇 번 여자 동료들끼리 모임을 갖는데, 얼마 전에는 나이가 가장 많은 분 댁에서 모임이 있었습니다.

저녁이 가까워서야 즐거운 자리가 끝났고, 다들 맛있게 먹고 난 빈 그릇들을 치우느라 분주했습니다. 그런데 자리를 마련해주신 분께서 "아니에요. 그대로 두고 가세요. 마음 쓰지 마세요" 하시더군요.

"도와주실 분도 안 계시는데 이렇게 어질러놓고 가면 저희들도 마음이 편하질 않아서요" 하며 설거지를 돕겠다고 하자, "사양하는 게 아니에요" 하시며 일흔에 가까운 그분이 말씀하셨습니다.

"저를 생각해서 도와주려 하시는데 거절하니 고집스러운 노인네라 생각하시겠지요. 여러분의 마음은 고맙지만 나는 손님은 끝까지 손님으로 계셔주는 것이 기쁘답니다. 손님을 초대할 때는 무슨 음식을 만들까, 어떤 그릇에 담을까, 무슨 꽃을 꽂을까 궁리하며 준비하는 것이 무척 즐겁답니다. 그리고 오신 분들이 만족하고 돌아가시면 그것보다 기쁜 일이 없지요. 그 여운을 맛본다고 해야 할까요. 그 기분을 가능하면 오래 즐기고 싶어서 손님들께는 분장실 같은 부엌을 보여드리지 않고, 즐거운 마음으로 돌아가시기를 바란답니다."

정리가 서툰 나는 손님들이 도와주시는 것을 좋아합니다. 나는 내가 그러니 다른 분들도 분명 그럴 거라 생각했습니다. 그래서 손님으로 갔을 때도 정성껏 마련해주신 자리를 즐기기보다 배려한다는 생각으로 식탁을 정리하거나 어질러져 있는 부엌에 아무렇지도 않게 들어가곤 했는데 지금 생각해보니 정말 무신경한 일이었습니다.

설거지나 뒷정리를 돕지 않으면 마음이 편하지 않다거나, 상대의 마음이나 형편은 상관없이 자기중심적으로 생각할 때가 많았던 것 같아 새삼 부끄러웠습니다.

호화롭고 즐거운 티타임

―― 프랑스인 댁에서 오후의 티타임을 가졌습니다.

첫 번째 쟁반에는 크고 하얀 티포트와 함께 따뜻한 우유와 얇게 썬 레몬이 담겨 나왔습니다. 두 번째 쟁반에는 빵. 식빵 한 조각을 가로로 세 조각 낸 크기로 두께는 2~3밀리미터이고 가장자리를 잘라냈더군요. 하나같이 노르스름하게 구워 맛있어 보였습니다. 곁에는 조개껍데기 모양의 작고 흰 접시에 담긴 버터가 놓여 있었습니다. 유리로 된 작은 접시에 딸기잼과 마멀레이드도 함께. 그러고는 다시 세 번째 쟁반이 나왔습니다. 이번에는 오이피클과 두세 종류의 치즈, 복숭아 통조림이 각각 흰 접시에 담겨 있었습니다. 음식들로 테이블을 가득 채운 후에는 기호에 맞게 마시게끔 홍차와 커피가 나왔습니다.

우선 권하는 대로 빵에 버터를 발라 그 위에 마멀레이드를 조금 얹었는데 버터의 짠맛과 마멀레이드의 달콤한 맛이 잘 어울리더군요. 다음에는 버터를 바르고 치즈를 얹어보았습니다. 마멀레이드를 얹었을 때와는 또 다른 맛이었습니다. 버터에 딸기잼도 얹어보고, 피클도 먹어보았습니다.

홍차에 우유를 듬뿍 넣는 사람도 있고 레몬을 띄우는 사람도 있었습니다. 커피도 블랙이나 밀크 커피 등으로 취향에 따라 마시고, 마지막으로 복숭아를 한 조각씩 먹었습니다. 정말 맛있고 호화롭고 즐거운 티타임이었습니다.

돌아오는 길에 찬찬히 생각해보니 식빵에 버터, 잼, 치즈, 피클 그리고 레몬에 복숭아 통조림은 모두 우리 집 부엌에도 있는 것들이었습니다. 그런데 어째서 그렇게 화려해 보이고 맛있었을까요.

곰곰이 생각하다 문득 색깔이 아니었을까 싶었습니다. 접시와 커피 잔, 포트가 모두 상아색에 가까운 흰색이었거든요. 그리고 유리그릇과 새하얀 냅킨, 딸기잼의 빨강, 마멀레이드의 오렌지, 버터와 복숭아의 노랑, 토스트의 갈색, 피클의 그린, 그리고 치즈. 홍차와 커피의 색, 새하얀 테이블클로스와 창가로 비치는 부드러운 봄 햇살이 조화를 이뤄 전체적으로 따뜻한 느낌이 들었던 것입니다.

결국 하얀 그릇과 하얀 냅킨, 하얀 테이블클로스. 그 흰색들이 아름다움을 더욱 두드러지고 화사하게 만들었던 것이지요.

잔에 꽃무늬가 있거나 테이블클로스가 다른 색이었다면 그렇게까지 아름다워 보이지는 않았을 겁니다. 흰색은 다른 색을 아름다워 보이게 하는 신기한 힘이 있는 것 같습니다. 흰색을 잘 활용할 수 있으면 좋겠습니다.

현관문을 열 때

—— 사람을 초대할 때 음식 준비뿐 아니라 마음의 대접도 대단히 중요하다는 것을 알게 된 것은 뉴욕에서 초대를 받았을 때입니다. 친구 파트너로 초대받았기 때문에, 전혀 모르는 사람들 속에 낄 생각을 하니 출발 전에는 조금 우울하기까지 했습니다.

쭈뼛쭈뼛하며 친구 뒤를 따라 들어간 내게 현관에서 문을 열어준 그 댁 주인이 갑자기 내 이름을 불렀습니다. 그러고는 "어서 오세요" 하며 마치 아는 사람을 맞이하듯 반갑게 맞아주셨습니다. 뿐만 아니라 가족 모두가 내 이름을 부르며 만나뵙게 되어 정말 기쁘다고 인사를 하시는 게 아니겠어요. 순간 나는 무척 놀랐습니다. 사람 이름을 외우는 것이 쉬운 일은 아닌데 하물며 처음 듣는 외국인 이름을 그 댁 가족 모두가 기억하고 있었으니까요.

친구에게 미리 들었는지 식사를 하면서 대화의 화제도 내가 하는 일로 옮겨가서 나도 모르게 어느덧 그 모임에 푹 빠지게 되었습니다.

즐거운 대화가 가장 맛있는 음식이라고 합니다. 이러한 배려는 어떤 산해진미보다 파티의 중요한 요소입니다.

—— 최근에 또 비슷한 경험을 했습니다. 일본에서 있었던 일인데, 대

사관에 근무하시는 분의 점심 초대를 받아 그분의 아파트를 방문했습니다. 처음 가는 곳이라서 한 손에 약도를 들고 엘리베이터에서 내렸습니다. 왼쪽으로 614호, 615호라고 표시되어 있어서 그럼 다음 집이겠다며 그 댁 문 앞에 서는 순간 조용히 문이 열리더니, "어서 오세요" 하며 주인이 현관 앞에서 맞이해주셨습니다.

단지 그것만으로도 어쩐지 훌륭한 대접을 받은 것 같았습니다. 초대를 받아 찾아가도 몇 번이나 초인종이 울려야 현관문을 여는 일본식 관례가 얼마나 촌스럽고, 때로는 차가운 인상을 주는지 알 것 같았습니다.

아무리 세상이 험악해졌다고 해도 초대한 사람이 올 시간쯤에는 현관 열쇠를 따놓는 정도는 해야겠습니다.

손 씻으시겠어요

── 미국 여행 중의 일입니다. 지방을 다니며 여러 댁을 방문할 기회가 있었는데, 대부분 인사가 끝나면 그 댁 부인이 "Wash your hands?" 하고 다정하게 물어보십니다. '손 씻으시겠어요?' 하는 뜻으로, 손님을 자연스럽게 화장실이나 목욕탕으로 안내합니다. 화장실로 가서 손을 씻거나 머리나 화장을 고친 다음 응접실로 가는 것입니다.

돌아갈 때도 마찬가지로 "Wash your hands?" 라고 물어봅니다. 2~3분 동안 다시 한 번 거울을 보고 여유로운 마음으로 집을 나섭니다. 미국에서는 어느 집에서든 마찬가지였습니다.

방문한 집을 나서면서 "화장실 좀 쓸게요" 하면, 일본에서는 깨끗하게 청소를 해놓고도 "어머나, 청소를 못해서 지저분해요" 라고 말합니다. 때로는 정말로 화장실이 급할 때도 있습니다. 오랫동안 차를 타거나 이동해야 해서 난처했던 적도 있습니다.

미국에서의 경험을 살려 나는 손님이 오시면 "손을 씻으시겠어요?" 하고 물어보게 되었습니다. 미국 여행에서 "Wash your hands?" 는 내게 최고의 대접이었습니다.

마음에 드시는 대로

— 흔히 자기가 좋아하는 것은 다른 사람들도 좋아할 거라고 생각하기 쉽습니다. 손님이 오셔서 차를 낼 때도 홍차와 커피, 녹차 등 여러 가지를 생각할 수 있지만, 무심코 자신이 좋아하는 홍차를 대접할 때도 있습니다. 이럴 때는 잠시 생각을 해보고 "녹차가 좋으세요, 아니면 커피나 홍차, 뭐로 할까요?" 하고 묻는 것이 좋습니다. 준비하는 데는 별 차이가 없으니까요.

나는 평소에 홍차를 즐겨 마시고 커피는 식사 후나 많이 피곤할 때 마십니다. 일부러 준비해주신 커피를 참고 마셔야 할 때가 있지만 홍차라면 몇 잔이라도 마실 수 있습니다. 하지만 사람에 따라서는 커피가 아니면 마신 것 같지 않다는 사람도 있고, 홍차나 커피도 좋지만 지금은 녹차를 마시고 싶을 수도 있습니다.

한 사람 한 사람이 좋아하는 것을 마련하는 것, 그것이 가장 훌륭한 대접이 아닐까요.

프랑스식 메뉴판

—— 파리에서 어느 날 저녁, 옛 친구의 초대를 받았습니다. 친구는 멀리서 온 나를 위해 멋진 레스토랑을 예약해두었는데 메뉴를 바라보는 내 얼굴이 무척 기뻐 보인다고 하더군요.

"와, 푸아그라, 테리누도 있네" 하며 메뉴를 하나하나 확인하던 나는 문득 내가 들고 있는 메뉴판이 뭔가 다르다는 것을 알았습니다. 메뉴에 가격이 적혀 있지 않았던 것입니다.

그 레스토랑에는 두 종류의 메뉴판이 있는데 초대받은 쪽에는 가격이 적혀 있지 않은 메뉴판을 건넸던 것입니다.

누군가의 초대를 받아 메뉴판을 보다 보면, 비싼 것을 골라서는 안 된다는 생각에 싼 메뉴를 찾다 우물쭈물하는 경우가 많습니다. 그럴 때 프랑스식 메뉴판은 멋진 센스입니다.

특별한 식탁

정어리와 레몬

— 설날이었습니다. 양쪽 사정으로 점심 무렵에 그분 댁을 방문하게 되었습니다. 볼일을 다 본 후 그분이 오랜만에 점심이라도 함께하자고 하셨는데, 아침에 먹은 떡국이 아직도 소화가 덜 된 느낌이라 모처럼 마련해주시는 식탁이 기쁘지만은 않아 죄송했습니다.

명절 음식이 담긴 찬합을 상상하고 있던 내 앞에 냅킨과 스푼 그리고 나이프와 포크가 놓였고, 야채 콘소메 수프가 나왔습니다.

"야채만 넣고 보글보글 끓였어요" 하시며 내놓는 수프가 어찌나 뜨겁고 시원한지 "아, 맛있다"는 소리가 절로 나왔고, 그래서 그만 한 그릇을 더 먹고 말았습니다.

다음은 뼈를 발라낸 정어리 통조림을 가득 담은 접시와 반달 모양으로 썬 레몬을 가득 담은 접시가 나왔습니다. 그리고 가장자리를 잘라 방금 구워서 버터 향이 가득한 토스트 한 장이 놓인 접시가 곁들여졌지요.

"빵 위에 정어리를 듬뿍, 빵이 보이지 않을 정도로 가득 얹고 그 위에 레몬즙을 넉넉히 짠 다음 적당히 소금을 뿌려 드세요" 하시더군요. 말씀하시는 대로 정어리와 레몬을 얹어 적당한 크기로 잘라서 먹었는데, 정말 맛있었습니다. 생선을 특히 좋아하는 내게는요. 때 맞춰 뜨거운 버터 토스트를 내와서 같은 방법으로 먹었습니다.

“마멀레이드나 딸기잼, 치즈 등 취향대로 토스트에 얹어 드세요. 오늘 아침에 떡국 드셨지요? 그래서 이런 점심을 준비했답니다” 하시는 것이었습니다. 디저트는 과일과 홍차. 멋진 점심이었습니다.

돌아오는 길에 대접을 할 때는 맛있는 음식만이 아니라, 상대방의 입장을 고려하는 것이 중요하다고 생각했습니다. 그리고 사람들에게 선물을 받거나 먹으려고 샀지만, 전혀 손도 못 대고 쌓여 있는 정어리 통조림을 맛있게 먹는 방법을 배운 것도 무척 기뻤습니다. 정말 즐거운 하루였습니다.

빵은 구워서

—— "허옇고 퍼석퍼석한 게 어찌 그리 맛이 없을꼬. 다들 프랑스 빵이 맛있다고들 하는데 정말 그렇게 맛있나?"

요산성관절염 때문에 드시는 음식이 한정되어 있는 히로츠 카즈로 1891~1968, 소설가 선생님이 답답하다는 얼굴로 말씀하셨습니다. 그리고 그런 이야기를 나눈 지 얼마 되지 않아 홀연히 우리 집에 들르셨는데, 요전에 하신 말씀이 떠올라서 금방 사온 프랑스 빵을 반으로 잘라 알루미늄 포일로 싸서 가스레인지에 구워드렸습니다. 커피를 좋아하시는 선생님께 자신 있게 내놓는 커피와 함께.

선생님은 "호, 정말 맛있는걸. 같은 빵인데 이건 정말 달라" 하시더니, "이 빵을 좀 얻어갈까?" 하셨습니다. 빵을 싸드리면서 나는 "드실 때는 반드시 살짝 구워서 드세요" 하고 몇 번이고 당부를 드렸습니다. 그것이 내가 선생님을 뵌 마지막 모습입니다.

프랑스 빵을 반으로 뚝 자를 때마다, 알루미늄 포일에 싸서 빵을 구울 때마다 "호, 정말 맛있는걸. 같은 빵인데도 이건 정말 달라!" 하셨던 선생님이 떠오릅니다.

—— 빵집 하면 가장 먼저 떠오르는 것은 프랑스에 있을 때 일요일이

나 공휴일 아침이면 자주 달려갔던 빵집입니다. 프랑스의 어떤 시골 마을도 대부분의 빵집은 일요일이나 공휴일에도 오전에는 문을 엽니다. 프랑스 사람이 빵에 까다로운 것은 일본 사람이 밥에 까다로운 것과 마찬가지가 아닐까요. 오래된 빵은 먹고 싶지 않기 때문에 매일 아침 갓 구운 빵을 사러 갑니다.

파리의 라 가르 드 레스트la gare de l' est, 동부역 뷔페에서 이른 아침에 먹었던 갓 구운 '크루아상과 카페오레'는 특히 잊을 수가 없습니다.

아침 일찍 일어나기 힘들어하는 내가 갓 구운 크루아상을 맛볼 수 있었던 것은, 독일에서 출발해 아침 6시 45분에 파리에 도착한다는 친구의 전보 때문입니다. 전날 밤에는 친구가 전화를 했으면 그 시각에 마중 나가기가 힘들다고 거절할 수도 있었을 텐데 하며 원망스러운 눈으로 전보를 바라보았습니다. 하지만 맛있는 크루아상을 먹게 해준 친구에게 지금도 감사할 따름입니다.

— 일반 가정에서는 대부분 한 장씩 썰어 봉투에 넣어 파는 식빵을 먹습니다. 이 빵의 가장 좋은 점은 썰어놓았다는 것이지만 이로 인해 빵맛이 많이 떨어지는 것 같습니다. 귀찮더라도 빵은 먹을 때마다 자르는 것이

좋습니다.

노릇노릇 구워 버터를 바른 토스트도 좋지만 가끔은 종류를 바꾸어 프랑스 빵을 드시는 건 어떨까요? 요즘은 구워서 파는 빵도 종류가 다양합니다. 스틱처럼 긴 바게트는 물론 바게트보다 좀 뚱뚱하고 껍질보다 부드러운 안쪽을 즐기는 뵈르, 바게트에 밀크와 달걀, 설탕을 넣은 빵 비에누아, 공처럼 둥글게 생긴 불루, 긴 방추형의 쿠페, 소라 모양의 부드러운 버터롤, 초승달 모양에 파이 같은 크루아상, 커다란 버섯 모양의 샹피니온이나 달걀과 버터가 듬뿍 들어가 푹신푹신하고 부드러운 브리오시. 마치 손가락을 길게 뽑은 것 같은 이탈리아풍의 그리시니, 호밀빵인 세이글, 그라함롤, 푼파닉켈 등 모두 맛이 다릅니다. 그 밖에도 셀 수 없을 정도로 다양한 빵이 있습니다.

나는 빵을 살 때면 기분 내키는 대로 여러 종류를 삽니다. 대바구니에 냅킨을 깔고 바게트 두 쪽과 검은 빵 세 쪽, 크루아상 두 개와 버터롤과 그라함롤을 한 개씩 테이블에 내놓기도 합니다. 뭘 먹을까 고민하는 것도 즐거움의 하나이니까.

그리고 빵은 먹기 직전에 오븐에서 2~3분 동안 따뜻하게 데웁니다. 오븐이 없으면 두세 개씩 알루미늄 포일에 싸서 석쇠 위에 올려놓고 조금 센 불에 2~3분 굽습니다. 그러면 마치 갓 구운 빵처럼 부드럽고 따뜻할 뿐 아니라 향기도 좋아집니다. 단단해진 프랑스 빵도 부드러워집니다.

따뜻하게 데운 빵은 식지 않게 냅킨에 싸서 바구니에 담아 식탁에 내놓습니다. 빵을 굽거나 데우지 않고 그대로 먹는 것은 찬밥을 데우지 않고 먹는 것과 같습니다. 작은 수고를 하면 빵을 훨씬 맛있게 먹을 수 있습니다.

오픈 샌드위치 더 맛있게 먹는 법

— 독일에 있는 친구가 편지로 맛있는 '달걀노른자' 요리를 적어 보냈습니다. 이 친구의 편지에는 근황과 함께 늘 음식 이야기가 적혀 있어서 편지를 읽는 것이 더욱 즐겁습니다.

……부드러운 훈제연어를 빵에 얹은 오픈 샌드위치는 이곳에서도 즐겨 먹는 음식이지만, 이것을 좀 더 맛있게 먹는 방법이 있지요. 달걀노른자에 간장을 네다섯 방울 떨어뜨리고 잘 섞어 연어 위에 바르는 거예요. 아침에 바싹 구운 토스트에 버터를 바르고 분홍색 연어를 올려놓은 다음 이 노른자를 바르면, 정말로 얼마든지 먹을 수 있어요.

이곳 사람들은 연어 위에 달걀노른자를 바르고 소금이나 후춧가루를 뿌리는데, 나는 소금 대신 간장을 섞어봤어요. 생각했던 것보다 훨씬 맛있어요. 하지만 훈제연어는 독일에서도 무척 비싸서 식탁에 자주 올리지는 못한답니다. 그래서 대부분은 연어가 빠진 '노른자 토스트'를 매일같이 먹고 있어요. 볼에 달걀노른자를 두 개 정도 넣고 간장을 뿌린 다음 잘 섞어 스푼과 함께 준비해둡니다. 토스트가 노릇노릇하게 구워지면 그 위에 발라 먹어요. 시험 삼아 꼭 해보세요.

맛있게 먹는 또 다른 방법을 발견하면 또 연락드리겠습니다.

테이블클로스

— 프랑스에서 오래 사신 사토 나가세 씨 댁에서 2~3일 묵은 적이 있습니다. 아침식사 때는 식탁에 감색 테이블클로스가 씌어 있더니 점심때는 테이블클로스를 치우고 사람 수대로 밝은 느낌의 매트가 깔렸습니다. 그리고 저녁식사 무렵 식당에 들어서자, 사토 씨가 마호가니로 된 찬장서랍에서 두세 장의 테이블클로스를 꺼내놓고 고르고 계셨습니다.

"오늘밤은 어떤 걸 할까요?"

사토 씨는 음식이나 접시, 식탁에 놓을 꽃 등의 색을 고려해 그날 저녁에 사용할 테이블크로스를 고르셨습니다.

"테이블크로스가 음식이나 접시 등과 잘 어울릴 때는 정말로 기쁘답니다. 테이블크로스는 식사 때 빠뜨릴 수 없는 아주 중요한 것이에요." 사토 씨가 강조했습니다.

핫케이크

── 휴일인데 간식을 사 두는 걸 깜빡 잊었습니다. 가족들이 한자리에 모여 오후 간식을 기대하고 있는데 어쩌나 싶었지요.

궁리를 하다 냉장고를 열어보니 달걀과 우유, 버터가 있더군요. 핫케이크를 구우면 될 것 같았습니다. 우유를 듬뿍 넣고 홍차와 곁들여…….

그나마 다행이라 여기며 오랜만에 핫케이크를 만들었습니다. 약 8센티미터로 조금 작고 얇게, 대신 넉넉하게 많이 구워서 잼과 마멀레이드, 벌꿀, 거품을 낸 생크림을 각각 접시에 담아 냈습니다.

시끌벅적 오후 3시에 시작된 간식 시간은 4시까지 계속되었습니다. 간식을 미리 마련해두었을 때보다 많은 이야기를 나누며 훨씬 즐거운 시간을 가졌습니다.

마

── 산 깊은 탄바교토지방에서 매년 참마를 보내주시는 분이 계십니다.

츠쿠네이모 혹은 주먹마라고도 한다는군요. 마치 주먹을 쥐고 있는 듯한 모양이기 때문입니다. 하지만 실제로는 주먹 정도가 아니라 두 손으로 들기 힘들 만큼 묵직하고 큽니다.

마에 묻어 있는 흙으로 미루어 점토 같은 토양에서 자란 것 같습니다. 어찌나 맛있는지 달리 비교할 것이 없다 해도 과언이 아닐 정도입니다.

── 흙을 씻어내고 껍질을 벗겨 그대로 하룻밤 물에 담가둡니다. 강판에 갈 때는 행주로 물기를 잘 닦은 다음 가는데 신기하게도 이 마를 갈 때는 손이 가렵지 않습니다. 간 마는 한입에 들어갈 만큼 떠서 살짝 구운 김에 말아 고추냉이를 넣은 간장에 찍어 먹습니다.

또 간 마에 달걀노른자와 간장을 약간 떨어뜨려 섞은 다음 뜨거운 밥 위에 얹으면 마밥이 되지요. 된장국에 한 숟가락씩 떠 넣고 마가 떠오를 쯤에 다진 파를 듬뿍 넣기도 합니다. 네모나게 썬 마를 튀김옷을 입히지 않고 튀겨 간장과 식초를 섞은 소스에 찍어 먹기도 합니다.

커다란 주먹마 하나로 이렇게 몇 가지나 되는 음식을 만들 수 있고, 하나같이 맛있으니 정말 기쁘고 고마운 선물입니다.

샐러드 데 코코

── 하늘과 바다가 새파란 모나코로 여행을 갔습니다.

종려나무 가로수에 시클라멘 화원, 흰색과 핑크, 주홍, 그리고 활짝 핀 미모사의 노랑. 바로 눈앞은 이탈리아입니다. 남알프스가 지중해로 떨어지는 그 발치, 바다를 끼고 프랑스령 땅으로 둘러싸인 가는 띠처럼 생긴 사랑스러운 나라. 프랑스의 여류작가 코렛트1873~1954는 '모나코 국경에 있는 것은 오로지 꽃뿐이다' 라고 말했습니다.

모나코의 작은 레스토랑에서 '샐러드 데 코코' 라는 귀여운 이름에 끌려 주문한 샐러드. 코코는 코코넛이 아니라 강낭콩 크기의 하얀 까치콩이었습니다. 베이지색의 깊고 큰 볼에 나무로 된 포크와 스푼과 함께 콩 샐러드가 가득 담겨 나왔습니다. 포도주 향이 가득한 하얀 까치콩의 부드러운 맛이 혀에서 녹는 것 같았습니다.

"어때요?" 내 얼굴을 들여다보며 점원이 물었습니다.

"최고예요" 하고 웃으며 답했습니다.

외국을 여행하다 보면 언어와 화폐, 자동차의 스피드나 도로의 폭, 발밑의 딱딱함까지 모든 것이 달라 긴장의 연속이기 쉽습니다. 그럴 때 무엇보다 기쁜 것은 생각지도 못했던 맛있는 음식을 만나는 것입니다. 평소의 버릇 때문에 무심코 물었습니다.

"이 콩에는 백포도주가 들어갔나요?"

스웨터 차림의 청년에게 물었는데 부엌 안쪽에서 감자껍질을 벗기던 여주인이 나와 설명을 해주더군요.

"하룻밤 물에 담가둔 흰 까치콩에 물을 넉넉히 붓고 푹 삶아서 건져내 식혔다가 드레싱을 넣고 버무려요. 콩이 부서지지 않게 드레싱을 위에서 끼얹듯이 섞는데 특별한 드레싱은 아니에요. 식초와 기름, 소금과 겨자가 조금, 그리고 양파 간 것을 넣고 마지막에 파슬리 다진 것을 위에 뿌리면 되지요."

이 정도 재료라면 일본에서 쓰는 드레싱 재료와 별다를 게 없을 것 같았습니다. 어째서 콩에 엷은 색이 들었을까 생각해보니, 식초 대신 시큼해진 포도주를 넣었던 것입니다.

양이 무척 많아서 남겼는데 아까워서 그릇째 호텔에 가지고 가고 싶다고 했더니, 레스토랑 사람들이 큰소리로 웃었습니다.

"이게 모나코 샐러드예요?" 하고 물었습니다.

여주인이 "우리 집 거예요" 하고 자랑스럽게 말했습니다.

지금 생각해보니 식초나 기름, 소금과 겨자, 그리고 양파는 흰 까치콩의 맛을 돋보이게 하는 조역 또는 숨은 맛이었는데, 그것들이 완전히 콩 속에 스며들어 있었던 것입니다.

절인 꽃, 케이퍼

—— 꽃을 절인다고 하면 일본 사람들은 금방 벚꽃을 떠올립니다. 절인 벚꽃을 뜨거운 물에 넣으면 하늘하늘 꽃잎이 흔들리며 멋진 향에 맛도 일품입니다.

프랑스에도 꽃을 절인 케이퍼라는 것이 있습니다. 케이퍼를 좋아하게 된 것은 샹송 가수인 이시이 요시코 씨 댁에 식사 초대를 받은 것이 계기가 되었습니다. 버터로 구운 넙치 위에 파란 콩 같은 진한 녹갈색의 알맹이가 뿌려져 있더군요. 입에 넣어보니 시큼하면서도 향기가 좋았고 단조로운 맛의 흰 살 생선과 잘 어울려 생선 맛을 더욱 살려주었습니다.

"요시코 씨, 이 녹색 콩 같은 게 뭔가요?" 하고 물었습니다.

"프랑스의 향신료인 케이퍼예요. 요즘은 백화점이나 커다란 식료품점에서도 살 수 있어요. 여름에 흰 꽃이 피는데, 그 봉오리를 따서 식초에 절인 거예요."

콩 같은 알맹이는 꽃봉오리였습니다. 그러고 보니 커틀릿 등의 요리 위에 달걀이나 파슬리와 함께 케이퍼가 얹혀 있던 것이 기억 났습니다. 식사를 하면서 케이퍼를 입속에 넣으면, 새콤한 것이 커틀릿의 단조로운 맛을 훨씬 풍부하게 해주었습니다.

"커틀릿에 넣어도 좋겠네요."

“그래요, 좀 아깝기는 하지만 채소절임처럼 먹어도 좋아요. 큰 것보다 알맹이가 작은 것이 더 맛있어요.” 요시코 씨가 가르쳐주셨습니다.

그 후로 케이퍼를 사용하게 된 것 같습니다. 생선소테나 뫼니에르meuniere를 만들 때는 양념으로 얹고 일본식으로 소금구이를 했을 때도 곁들이지요. 오믈렛에도 좋고, 야채샐러드에 뭔가 하나 더 추가하고 싶을 때는 샐러드 위에 뿌려 새콤한 맛을 더합니다. 또 잘게 다져 식초 소스에 넣기도 합니다. 카나페를 장식할 때나 샌드위치에 넣기도 하는데 뭔가 하나 더 추가하고 싶을 때 즐겁게 사용할 수 있는 재료입니다.

하얀 부엌

—— "낡은 일본 가옥을 개조해 그럭저럭 지낼 만하게 되었습니다. 부엌을 고치는 데 꽤 힘을 쏟았는데 구경 삼아 놀러 오세요" 하는 초대를 받았습니다.

안내해주신 부엌은 식당을 겸비한 공간으로 전체를 하얗게 칠한 청결함 그 자체였습니다. 흰색 외에는 스테인리스 스틸의 은색과 손잡이의 까만색, 햇빛이 들지 않는 곳의 회색뿐이었습니다.

마치 외국 잡지에 실린 부엌 사진 같더군요. 개조를 했다기보다 새로 만들었다는 느낌이지만, 타원형으로 된 튼튼한 나무 테이블이 이전 모습 그대로 놓여 있었습니다. 오랜만에 그 테이블에 앉아 이런저런 이야기를 나누다 이윽고 가벼운 식사를 하게 되었는데 어제 미리 준비해둔 장국에서 맛있는 냄새가 풍겼습니다. 빨강 옻칠에 검정과 금색으로 그림이 그려진 국그릇에 장국이 담겨 나왔습니다.

"좋은 그릇이네요" 하고 무심코 말하자 그분이 말씀하시더군요.

"어머니가 사용하시던 거니까 벌써 50~60년은 되었겠네요. 나도 이 그릇이 좋아 쭉 사용하고 있어요."

새하얀 부엌에서 빨간 국그릇은 더욱 선명해 보였습니다. 이어서 표고버섯과 당근, 곤약을 익힌 요리가 까맣고 넓은 나무그릇에 담겨 나왔는데,

이 그릇 또한 하얀 부엌과 무척 잘 어울렸습니다.

후식으로 딸기젤리를 먹으며 나는 새삼 오래된 것들과 새로운 것들이 조화를 이룬 부엌을 다시 한 번 둘러보았습니다.

—— 어떻게 이런 차분한 분위기를 연출할 수 있을까, 궁금했었는데 그 이유를 알기까지는 조금 시간이 걸렸습니다. 그것은 플라스틱으로 된 물건이 하나도 놓여 있지 않았기 때문이었습니다.

야채 등을 씻어 건져두는 소쿠리와 된장을 푸는 주걱이나 바구니 등은 모두 예전부터 사용하던 대나무 제품이었고, 설탕이나 소금 등을 넣는 조미료통은 프랑스 시골에서 구했다는 상아색에 파랑 꽃무늬가 그려진 도자기였습니다.

도마는 나무이고 설거지통은 커다란 스테인리스 스틸 볼입니다. 냄비도 스테인리스 스틸과 흰색 법랑이고 행주도 흰색이었습니다. 빨갛고 노랗고 파란 플라스틱 제품이 하나도 없는 것이 이 새롭고 모던한 부엌에 어딘지 모르게 고풍스러운 기품과 그리움을 감돌게 했던 것입니다.

부엌에서의 모험

— 다 쓰지 못한 재료나 너무 많이 만들어서 남은 음식으로 나는 새로운 요리 실습을 합니다. 남은 재료라고 생각하면 실습을 아주 과감하게 할 수 있으니까요. 마카로니에 간장을 넣어보기도 하고, 셀러리나 상추를 볶거나 소면을 기름에 튀겨 스파게티처럼 만들어보기도 하고, 자차이라는 중국의 야채절임을 기름에 볶아 라면에 얹기도 합니다.

이 자차이 라면은 개선에 개선을 거듭한 결과, 손님들에게 내놓아도 괜찮을 정도로 자신 있는 음식이 되었고 대부분의 손님들은 "이거 어떻게 만들었어요?" 하고 물어봐주십니다.

물론 실패한 예는 셀 수도 없이 많습니다. 매일 먹는 반찬 등으로는 실험을 할 수 없기 때문에 그때는 익숙하고 제대로 만들 수 있는 것을 만듭니다.

모험을 시도하는 사이 이제는 재료를 보면 튀기는 것이 좋을지 굽는 것이 좋을지, 혹은 삶거나 찌는 것이 좋을지 저절로 알게 되었습니다. 실패했다 싶을 때는 부엌 한쪽에서 혼자 몰래 먹어보는데 그래도 즐겁기는 마찬가지입니다.

식탁에서요!

── 프랑스에 간 지 얼마 되지 않았을 때부터 나는 스호 씨 댁에 자주 식사 초대를 받았습니다. 야채를 사용한 요리가 많았는데 특히 샐러드가 빠지는 날이 없었습니다. 그리고 그 샐러드가 어찌나 맛있던지요.

어느 날 저녁식사 준비를 돕게 되었습니다. 나무로 된 샐러드 볼에 드레싱이 담겨 있기에 별 생각 없이 준비된 야채를 볼에 넣으려는데 순간 스호 부인이 큰 소리로 나를 나무라셨습니다.

"식탁에서요! 그렇게 하지 않으면 야채의 숨이 죽어요. 샐러드는 테이블에 낸 다음 먹을 때 섞는 거예요." 그 후로 샐러드를 만들 때면 나는 이 "식탁에서요!"라는 말을 떠올리게 됩니다.

── 스호 부인에게 배운 샐러드를 소개할까 합니다. 샐러드를 만들 때 가장 중요한 것은 그날 산 신선한 재료로 그날 만들어 먹는 것입니다. 다음은 재료를 깨끗이 씻는 것. 특히 잎이 커다란 재료는 한 장씩 눈으로 확인해가며 씻습니다. 깨끗이 씻은 야채의 물기를 빼는 것도 중요하지요. 프랑스에서는 야채의 물기를 빼는 탈수용 바구니가 있는데, 야채 바구니를 창가나 테라스로 가져가서 슉슉 하고 흔들어 텁니다. 프랑스 영화 같은 데서 보신 적이 있을 거예요. 나는 언제나 깨끗한 행주에 싸서 물기를 뺍니다.

식초는 자연초면 뭐든 좋지만, 나는 남은 적포도주(달지 않은 것)를 그대로 두었다 식초로 사용합니다. 마시다 남은 포도주 병 뚜껑을 느슨하게 닫아 일주일 정도 두면 식초처럼 됩니다. 백포도주나 적포도주 모두 가능하지만 경험상 적포도주가 샐러드에 더 맞는 것 같습니다. 신맛이 부족할 때는 레몬을 짜서 넣기도 합니다.

볼에 이 식초를 큰 스푼으로 하나 그리고 소금을 티스푼으로 반 정도 넣고 후춧가루를 뿌립니다. 후추 알맹이를 직접 갈아서 뿌리면 더 좋겠지요. 후추는 흰색이든 검은색이든 상관없습니다. 머스터드가 있으면 티스푼으로 반 정도 넣고, 여기에 샐러드유를 큰 스푼으로 세 개 넣습니다. 식초 1에 기름 3이 가장 일반적이고 적당한 것 같습니다.

이것을 나무숟가락으로 잘 섞는데, 나는 스호 부인이 하는 방법을 보고 놀랐습니다. 마치 마요네즈를 만드는 것처럼 정성껏 오래 저으며 섞었는데 섞으면 섞을수록 맛있다고 하시더군요.

여기에 작은 양파를 세 개 정도 얇게 썰어 넣는데 양파를 미리 썰어 두면 냄새가 나고 맛도 날아가기 때문에 썰어가며 넣습니다. 프랑스 사람들은 익숙하게 한 손에 양파를 들고 볼 위에서 얇게 썰어 넣습니다. 작은 양파는 일반 양파보다 맛이 부드러워 샐러드에 적당합니다. 일반 양파는 날것으로 먹기가 힘들어서 물에 담가두기도 하는데, 그러면 매운맛은 덜하지만 맛도 함께 날아가버리는 것 같습니다.

이제 드레싱의 맛을 봅니다. 간이 맞지 않으면 맛이 없으니까 소금 등으로 간을 맞춥니다. 기호에 따라 마늘 간 것을 티스푼 반 정도 넣는데, 그러면 전혀 다른 맛이 됩니다. 그런 다음 또다시 잘 섞어줍니다. 이것은 보통 3인분 정도의 양입니다.

이어서 얇게 썬 토마토를 넣는데, 토마토는 붉게 잘 익은 것을 고릅니다. 껍질을 벗기고 잘라서 볼에 넣는데 이렇게 하면 양파의 단맛과 토마토의 신맛이 어우러집니다. 이것이 샐러드 드레싱인데 여기에 여러 가지 야채를 섞으면 됩니다.

—— 스호 씨 댁도 그렇지만, 프랑스 가정에서 흔히 먹는 샐러드는 지금 소개한 '양상추와 토마토' '토마토와 오이' '토마토와 치커리' 등인데 파슬리가 있으면 색깔이 날 정도로 넣을 뿐, 그다지 여러 야채를 한꺼번에 쓰지는 않는 것 같았습니다.

레몬버터

— 더위 때문에 좀처럼 식욕이 나지 않을 때 차가운 홍차나 커피와 함께 크래커를 먹습니다. 크래커에는 레몬버터를 발라 먹는데 일반 버터도 괜찮지만 손을 조금 더 움직여 레몬버터를 만들어 둡니다.

버터에 레몬즙과 다진 양파를 섞어서 굳히기만 하면 되는데 일반 버터보다 신맛이 있고 양파가 들어가 맛의 변화도 느낄 수 있어서 좋아합니다.

만드는 법도 매우 간단합니다. 버터 반 파운드를 볼에 덜어 잠시 그대로 두면 저절로 녹아 부드러워집니다. 중간 크기의 양파 4분의 1을 잘게 다진 다음, 소금을 약간 뿌려 깨끗한 행주에 싸서 주무릅니다. 양파에 물기가 생기면 꼭 짜서 버터에 넣습니다. 다음은 레몬을 반으로 잘라 즙을 짭니다. 레몬즙은 큰 스푼 2개 정도일까요. 그러고는 잘 섞습니다. 레몬즙이 잘 뱄다 싶으면 그릇에 담아 냉장고에 넣어 굳힙니다.

이 버터는 구운 고기에 또 다른 맛을 가미하고 싶을 때나 생선을 구웠는데 뭔가가 부족하다 싶을 때 곁들이기도 하는데 식사 시간을 즐겁게 만들어주는 것 중의 하나입니다. 처음 만들었을 때는 양파를 잘게 다졌다고 생각했는데도 혀에 자주 걸리더군요. 양파를 잘게 다지는 것이 중요합니다.

더운 날의 궁리

— 더운 날에는 뜨거운 불 앞에서 음식을 만드는 것이 고역입니다. 냉장고에서 꺼낸 음식으로 바로 식탁을 차릴 수 있었으면 하는 마음에 일주일에 한 번은 닭 한 마리, 혹은 쇠고기나 돼지고기 덩어리, 소 혀 등을 물을 넉넉히 붓고 삶아 두지요. 식힌 다음 냉장고에 넣어 두었다가 된장을 넣고 버무리거나 술과 맛술, 간장을 넣은 냄비를 불에 올려 소스를 만들어 고기 위에 끼얹기도 합니다.

고기를 삶을 때는 양파와 대파, 당근이나 셀러리, 파슬리 등을 함께 넣으면 고기는 물론 국물도 맛있습니다. 기름을 깨끗하게 걸러낸 국물로 젤리를 만드는데 소금과 후춧가루, 달지 않은 백포도주나 일본 술을 넣고 젤라틴을 녹여 냉장고에 넣어 굳힙니다. 먹을 때 고기를 얇게 썰고 젤리도 잘게 잘라 함께 내놓는데 젤리 위에 레몬즙이나 마요네즈를 얹으면 멋진 요리가 됩니다.

고기는 얇게 썰어 그대로 먹거나 샌드위치 안에 넣어 먹어도 되고 잘게 썰어 볶음밥에 넣거나 샐러드에 넣는 등 다양하게 사용할 수 있습니다.

생고기를 냉동실 안에 넣어 두면 얼어서 맛이 없어지고 냉장고에 넣어 두면 금세 상하지만, 이렇게 하면 언제나 먹을 수 있습니다.

아침 과일

— 서양식 아침식사는 가장 먼저 과일이나 주스를 마시고, 다음에 오트밀과 달걀, 커피 등의 순서입니다. 과일이나 주스를 먼저 먹는 것은 자고 있는 위를 깨워 식욕을 불러일으키기 위해서라고 합니다.

문득 생각이 나서 아침식사 전에 과일을 먹어보았는데 기분마저 상쾌해졌습니다. 바빠서 귀가가 늦거나 밖에서 저녁식사를 한 사람들에게 아침식사 전에 꼭 신문과 함께 차가운 과일 한 쪽을 드려보세요.

젓가락받침

— 아주 사소한 일이지만 젓가락받침을 놓으면 식탁 분위기가 많이 달라 보입니다. 언젠가 프랑스에서 오신 분 댁에 초대를 받아 가게 되었는데, 테이블클로스 위에 나이프와 포크가 나란히 일본 젓가락받침 위에 놓여 있었습니다.

"이건 내 아이디어가 아니에요. 프랑스에서도 일본의 젓가락받침 같은 것을 사용한답니다. 모양도 꼭 젓가락받침처럼 생겼어요" 하고 그 댁 부인이 말씀하셨는데 청결함을 좋아하는 국민성이 배어 있는지도 모르겠습니다. 우리 집에서도 아무리 분주하게 마련한 식탁이라도 반드시 젓가락받침을 사용합니다.

젓가락을 어디에 놓아야 할지 살피지 않아도 되고, 식탁에 음식을 묻히지 않아도 됩니다. 그러면서도 나이프와 포크를 사용할 때는 무심코 테이블클로스 위에 바로 놓았는데, 좋은 것을 배웠습니다.

계절에 맞게 바꾸기도 하는 젓가락받침은 작은 물건이지만 큰 역할을 합니다.

눈을 크게 뜨고

— 초밥집에 갈 때면 나는 언제나 눈을 동그랗고 뜨고 그 능란한 손놀림을 바라봅니다.

참치 살은 어떤 자투리라도 정성껏 발라내 초밥 재료로 사용합니다. 오징어는 5밀리미터 정도로 가늘게 칼집을 넣어 초밥을 만들면 먹기도 쉽고 오징어 맛도 더 좋아집니다. 전갱이를 주문하면 위에 '아사츠키' 라고 하는 산파와 새끼손톱 크기의 생강 간 것을 넣어 만들어줍니다. 생강과 산파와 간장, 그 절묘한 맛의 조화를 기억해두었다가 집에서 붉은 살 생선을 회로 먹을 때 늘 흉내를 냅니다.

생선을 자를 때는 칼을 자기 앞으로 끌듯이 잡아당기며 한 조각, 한 조각 정성껏 자릅니다. 부엌에서 뭔가를 썰거나 다질 때는 우리들은 얼른 썰어서 삶거나 볶으려고 서두르지만, 초밥집에서는 정반대였습니다. 썰거나 다질 때 모두 차분하고 조용히 칼을 움직이도록 타이릅니다.

얇게 썬 송이버섯을 구워서 생선 대신 올리고 초밥을 쥐어서 그 위에 유자와 간장을 늘어뜨린 것은 정말 잊을 수 없는 맛입니다. 비싼 송이버섯을 모두가 먹을 수 있는 방법을 내 레퍼토리에 추가했습니다.

하지만 그런 것보다 초밥을 만드는 장인들이 밥 위에 얹는 재료를 소중히 다루는 모습은 더욱 잊을 수가 없습니다.

한동안 바라보면 초밥을 만드는 사람이 끊임없이 손을 씻는다는 것을 알 수 있습니다. 잘 간 칼도 한 번 사용하면 반드시 깨끗한 행주로 닦고 도마는 틈만 있으면 솔로 문질러 물로 씻더군요. 이렇게 씻고 또 씻은 도마는 독특한 하얀 빛깔을 띱니다.

나는 초밥집에 가면 반드시 카운터에 앉아 눈을 동그랗게 뜨고 넋을 놓고 그 모습들을 바라봅니다.

파르메산 치즈

— 여기저기 여행하다 보면 누구에게나 잊히지 않는, 아니 가슴 깊은 곳에 자리를 잡는 도시가 있습니다. 내게는 이탈리아의 파르마가 그런 곳입니다.

스탕달의 유명한 소설 《파르마의 수도원La Chartreuse de Parme》으로 알려진 곳. 로마네스크 양식의 엷은 핑크색 대리석으로 된 성당과 돔에 둘러싸인 사랑스러운 광장이 묘한 분위기를 자아냅니다. 10년 전 처음 그곳을 찾았을 때는 떠나기가 싫어 무리하게 일정을 변경했을 만큼 인상 깊었습니다.

이 도시가 갖는 또 하나의 매력은 맛있는 와인과 프로슈트(훈제하지 않은 햄)와 치즈 파르메산입니다. 이탈리아를 여행한 적이 있는 대부분의 사람들이 잊을 수 없다고 하는 것이 프로슈트지요. 로마, 피렌체, 밀라노 등의 레스토랑 메뉴에는 프로슈트 밑에 대부분 '다 파르마' 라고 적혀 있습니다.

프랑스에서도 이 파르마의 햄은 매우 고급 요리로 취급하지요. 파르메산 치즈는 이탈리아 어딜 가나 먹을 수 있지만, 산지인 파르마의 파르메산은 소금기가 적어서 식후에 배와 함께 먹으면 이탈리아 어디에서나 먹을 수 있는 맛이 아닌 파르마의 맛을 느낄 수 있습니다. 서양배가 나올 무렵이면 나는 파르마의 맛을 그리며 배 위에 치즈를 얹어 먹습니다.

보라색 국화

—— 언젠가 보라색 국화꽃 반찬을 먹은 적이 있습니다.

하얀 그릇에 담긴 꽃을 보니 예쁘다는 감탄사가 절로 나왔지만, 보라색 국화를 먹을 수 있을까 하고 내심 걱정이 되기도 했습니다.

"맛있으니까 먹어보세요" 하시기에 조심스럽게 입에 넣었는데 정말이었습니다. 향기와 사각사각 씹히는 맛이 뭐라 표현하기 힘들 정도였는데 식용으로 재배되는 노란 국화보다 훨씬 맛있더군요.

오랫동안 꽃꽂이 강습을 해오신 그분께 여쭤보았습니다. 국화는 식용이 아니라도 대부분 먹을 수 있기 때문에 꽃을 즐긴 다음에 잎이 조금씩 시들기 시작하면 꽃잎을 뽑아 데친다고 하시더군요. 심지 쪽의 꽃잎은 쓴 맛이 나므로 바깥쪽 잎이 좋다고 합니다.

뜨거운 물에 2~3분 데쳐서 소쿠리에 건져 물기를 빼고 나물처럼 무치거나 식초와 간장, 설탕 혹은 곱게 간 깨와 식초 등을 넣고 버무리거나, 국이나 냄비요리에 넣기도 한답니다.

집에 돌아와 바로 만들어보았습니다. 꽃잎을 데치니 양이 너무 많이 줄어서 맛은 있지만 대단히 호사로운 음식이라는 생각이 들었습니다.

뉴질랜드의 샌드위치

—— '샌드위치와 홍차' 하면 열차나 비행기에서 먹는 식사이며, 변화도 적고 간편한 음식이라 그다지 매력적이지 못하다고 생각해왔습니다. 그런 내가 샌드위치를 좋아하게 되었습니다. 이유는 아래와 같습니다.

영국사람들이 '티' 를 얼마나 중요하게 생각하는지는 익히 들어왔지만, 인구의 90%가 영국인이라는 뉴질랜드에 갔을 때 그 말뜻을 알 것 같았습니다. 그리고 영국사람들에게 '티타임' 이란 단지 따뜻한 홍차를 의미하는 것이 아니라, 식사의 대명사가 될 수 있다는 것도 알았습니다.

'만약 차가 없다면 세상은 어떻게 될까' 라는 말을 남긴 사람은 영국의 19세기 작가이며 신학자인 시드니 스미스지만, 지금도 대부분의 영국인은 비슷한 마음을 가진 듯합니다.

향기롭고 뜨거운 홍차를 즐기는 영국사람들은 차와 함께 먹는 샌드위치나 쿠키 등도 수고와 시간을 아끼지 않고 정성껏 만듭니다.

100여 년 전 영국 본토에서 정원수까지 옮겨와 만들었다는 크라이스트처치 거리는 영국의 고풍스러운 거리를 고스란히 재현한 아름다운 도시입니다.

아침 10시, 공항으로 마중 나오신 분이 나를 '오전 티' 에 초대해주셨습니다. 마련해주신 홍차와 샌드위치가 어찌나 맛있던지, 샌드위치가 담긴 바구니에 자꾸만 손이 갔습니다. 샌드위치 안에는 작은 새우와 닭고기, 토마토, 삶은 달걀, 치즈, 오이, 그리고 다진 파슬리가 듬뿍 들어 있어서 색도 무척 예뻤습니다. 재료는 크게 다르지 않은데 어째서 이렇게 촉촉하고 맛있는지 여쭤보았습니다.

우리는 빵에 버터를 바른 다음 햄이나 치즈 등을 올려놓지만, 버터 대신 사워크림에 마요네즈나 생크림을 섞어 바른다고 하시더군요. 신맛을 싫어하는 사람은 사워크림에 생크림을 넣으면 됩니다. 이것을 빵에 바른 다음 준비한 재료를 올려놓습니다. 사워크림이 적당히 스며들면 빵이 부드러워져서 샌드위치가 더 맛있어진다는군요.

그리고 빵의 두께를 3밀리미터 정도로 얇게 써는 것도 중요합니다. 닭고기를 잘게 찢어서 사워크림에 묻혀 얹기도 하고, 향신료에 검은 후춧가루나 양파소금, 마늘소금, 또는 우스터소스를 사용하는 등 정해진 방법이 있는 것이 아니라 아이디어를 짜내 그날그날의 샌드위치를 만듭니다.

가장 맛있었던 것은 오이를 넣은 것이었습니다. 오이샌드위치를 만들 때는 대부분 생으로 넣었는데, 이곳에서는 얇게 썬 오이를 소금에 살짝 절여 물기를 짠 다음 과일식초와 사워크림을 넣고 무치셨습니다. 그런 작은 차이지만, 어찌나 맛있었던지 지금도 그 맛을 잊을 수가 없습니다.

요즘에는 병에 들어 있는 사워크림도 시중에 많이 나와 있습니다. 일본에 돌아온 후 이 오이샌드위치는 '내 샌드위치' 가 되었습니다.

표고버섯 덮밥

— '오늘은 있는 재료로 만드는 날' 을 만들었습니다. 일주일에 한 번, 오늘 저녁은 뭘 할까 고민하지 않아도 되는 날을 매주 수요일로 정했습니다.

그중에 가족들의 평이 좋은 것이 두부된장국과 날계란, 그리고 장아찌, 남은 멸치조림이나 김 등을 곁들이는 메뉴입니다. 대신 장아찌는 평소의 배 정도로 준비합니다. 아침 메뉴와 비슷하지만 요즘은 아침에 빵을 먹을 때가 많아서 그다지 겹치지 않는 것 같습니다.

또 하나 가족 모두가 좋아하는 것이 '표고버섯덮밥' 입니다. 간단한 조리법을 소개하겠습니다.

말리지 않은 표고버섯을 구워서 얇게 썬 다음 간장을 넣어 살짝 무칩니다. 대접에 뜨거운 밥을 담고 그 위에 버섯을 얹은 다음 한가운데 달걀노른자를 올립니다. 진간장 1에 보통간장 3분의 2, 그리고 청주 3분의 1, 맛술 4분의 1을 냄비에 넣어 불에 올려놓았다가 가다랑이포 한 줌을 넣고 불에서 내립니다. 이 간장을 표고버섯덮밥에 끼얹으면 됩니다. 이 간장은 데친 두부 양념으로도 적당합니다.

감자누룽지

—— 어릴 적 한때를 홋카이도에서 지낸 적이 있는데 그때 먹었던 잊을 수 없는 맛 중에 하나가 감자입니다.

날이 추워지면 감자를 삶아서 껍질을 벗겨 발갛게 달아오른 스토브 위의 석쇠에 굽습니다. 표면이 노릇노릇 구워지면 그 부분만 버터를 발라 껍질을 벗기듯이 속살을 벗겨 먹습니다. 그리고 다시 석쇠 위에 올려놓고 굽습니다. 구워진 부분만 되풀이해서 벗겨 먹으면 감자가 나중에는 탁구공만해집니다. 구운 감자를 벗겨 먹으면 얼마나 고소하고 맛있던지요.

어릴 적 먹었던 이 맛을 떠올리게 하는 '리요네즈(리옹식) 포테이토'라는 요리를 소개할까 합니다.

감자는 껍질째 삶거나 찐 다음 껍질을 벗겨 4~5밀리미터 두께로 자르고 양파는 얇게 채를 썹니다. 버터를 넉넉하게 녹인 프라이팬에 우선 양파를 볶습니다. 양파가 익어 투명해지면 감자를 넣고 소금과 후춧가루로 간을 해, 둥글게 저어가며 볶습니다.

다 볶아졌으면 불을 줄이고 다시 버터를 프라이팬 가장자리에 넣어 안쪽으로 녹아 들어가게 한 다음 뚜껑을 덮고 감자가 노릇노릇하게 구워질 때까지 기다립니다.

아침에 빵 대신 이 리요네즈 포테이토를 먹는 것도 새로울 것 같습니다.

여기에 커피나 홍차 혹은 우유, 그리고 과일을 곁들이면 훌륭한 아침식사가 될 것입니다. 호텔의 아침식사 메뉴로도 자주 등장합니다.

프랑스에서는 이렇게 구운 포테이토를 종이에 싸서 도시락 대신으로 가져가기도 합니다.

겨울 토마토

—— 감기에 걸리면 일본인은 죽이나 따뜻한 냄비우동 같은 것을 떠올리지만, 토마토가 많이 나는 이탈리아에서는 토마토를 떠올린다고 합니다.

이탈리아의 토마토는 포모도로pomodoro라고 하는데, 약간 작고 길지만 맛이 일품입니다. 샐러드나 수프를 비롯해 토마토를 이용한 이탈리아 요리는 셀 수 없을 정도로 많습니다. 특히 가정에서 토마토를 어떻게 사용하는지 알면 감탄할 정도입니다.

이탈리아에서 감기에 걸려 누워 있을 때, 민박집 아주머니가 직접 만들어서 방으로 가져다준 '토마토 달걀'의 맛은 잊을 수 없습니다. 그 선명한 색이 어찌나 예쁘던지 오래전의 일이지만 지금도 눈에 선합니다. 소화가 잘되고 영양가가 높을 뿐 아니라 누구나 쉽게 만들 수 있지요. 작고 바닥이 평평한 냄비에 잘게 썬 토마토와 수프를 넣고 끓입니다. 이때 사프란을 핀셋으로 집을 양만큼 넣습니다. 토마토가 익어 물러지면 소금을 넣어 약한 간을 하고, 먹기 직전에 달걀을 풀어 토마토 위에 끼얹은 후 냄비를 불에서 내립니다. 냄비째 놓고 후후 불어가며 먹으면 몸속 깊은 곳까지 따뜻해집니다.

이 토마토도 달걀도 아닌, 두 가지 재료가 한데 어우러진 신기한 음식을 먹을 때마다 이탈리아의 친절한 민박집 아주머니 얼굴이 떠오릅니다. 그리고 어느 나라에나 있을 인정에 대해 생각하게 됩니다.

일요일 아침

— 평일에는 바쁘다는 핑계로 인스턴트 커피를 마실 때가 많지만, 일요일 아침만은 가족들을 위해 시간을 들여 커피를 준비합니다. 홍차를 좋아하는 사람에게는 포트에 담은 티와 따끈하게 데운 우유, 레몬도 함께 곁들입니다. 겨우 차를 내는 것뿐인데도 티코지Tea Cozy를 쓴 티포트와 향긋한 커피 향이 '오늘은 일요일' 이라는 느긋한 마음을 갖게 합니다.

평일에는 아침식사 시간이 각자 달라서 여유 있게 얼굴을 대하기가 힘든 요즘입니다. 서둘러 외출 준비를 하지 않아도 되는 일요일 아침, 가족들을 위한 서비스라고 할 수 있지요.

이것이 어느새 우리집 '일요일 아침의 티타임' 이 되었습니다. 대략 오전 10시부터 11시쯤일까요. 신문을 보면서 이야기를 나누기 시작합니다.

"오늘 커피 맛있다."

"홍차가 좀 진하네. 뜨거운 물 있어요?"

"저녁엔 뭘 먹고 싶니?"

"오늘은 뭐 할 거야?"

"영화라도 보러 갈까?"

"난 쇼핑하러 가야 되는데."

11시쯤이면 어느새 테이블 주변에는 아무도 없지만요.

두 가지 수프

— 파리의 추운 겨울, 주말에 친구 집에 초대를 받은 적이 있습니다. 식탁 한가운데 놓인 빨간 당근수프가 모락모락 김을 내며 우리를 기다리고 있더군요. 차례차례 접시에 담는 것에 조바심이 날 정도였고, 얼어붙은 손으로 호호 불어가며 먹은 수프는 정말 일품이었습니다. 겨울이 되면 늘 이 화려한 색의 포타주가 떠오릅니다.

친구 어머니는 파리 동북쪽의 당근으로 유명한 크레시 출신인데 친구는 어머니에게서 전수받은 자신 있는 수프라고 했습니다. 당근이 그렇게 맛있다는 걸 나는 그때 처음 알았습니다. 그때 친구 어머니가 알려주신 방법을 떠올리며 오랜만에 다시 만들어보았습니다.

우선 약한 불에 버터를 넉넉히 녹인 후 당근 세 개와 양파 하나를 얇게 썰어 넣고 고루 볶다가 불을 줄이고 뚜껑을 덮어둡니다. 거기에 깨끗하게 씻은 쌀 1컵과 수프를 넉넉히 붓고 40~50분 끓인 다음 가는 체로 걸러 소금과 후추로 간을 합니다.

마지막에 간을 보면서 생크림을 조금 넣습니다. 수프를 접시에 담고 다진 파슬리와 크로통croton, 잘게 썬 빵을 버터나 기름에 튀긴 것을 뿌립니다. 쌀의 단맛이 당근의 풍미와 어울린, 온몸이 따뜻해지는 요리입니다.

또 한 가지는 프랑스의 어느 가정에서나 볼 수 있는 퓨레 생제르망이라는 완두콩으로 만든 수프입니다. 냉동 완두콩이 일 년 내내 슈퍼마켓에 있어서 저렴하고도 쉽게 만들 수 있으니 여러분도 만들어보시면 어떨까요.

완두콩을 체에 걸러 수프로 엷게 만든 것뿐이지만, 중요한 것은 부케가르니bouquet garni를 잊지 말 것과 베이컨을 잘게 썰어 센 불에 잘 볶아서 넣는 것입니다.

부케가르니는 파슬리 4~5줄기, 셀러리 5~6센티미터, 그리고 월계수 잎 한 장을 목면 실로 한데 묶거나 무명 천에 담아 수프를 만들 때 넣는 것입니다. 이 포타주도 당근수프와 마찬가지로 마지막에 생크림을 넣으면 훨씬 맛있습니다.

바다와 옻그릇

— 바다를 좋아하는 나는 호쿠리쿠北陸, 후쿠이 · 토야마 · 이시카와 · 니이가타 4현을 일컬음에 갔다가 그곳의 아름다운 바다에 푹 빠지고 말았습니다. 검푸른 바다의 거친 파도를 보고 있으면 이곳이야말로 바다 중의 바다, 진짜 바다라는 생각이 들게 합니다.

비취색과 흰색 조약돌이 아름다운 우오즈시 끝에 자리한 이쿠지 해변에서는 사람들의 모습도 띄엄띄엄 보였습니다. 그곳에서 석양이 지는 가을바다를 바라보았습니다. "2~3일 전에도 신기루가 나타났어요" 하는 주민들 이야기에 의하면, 저녁에는 불똥꼴뚜기들로 마치 불을 켜놓은 것처럼 파도에 반짝인다고 합니다.

후쿠이의 미쿠니 항에서 쿠즈류 강 하구로 저무는 해를 한동안 바라보았습니다. 동그란 램프를 돛대에 매단 작은 어선들이 사이좋게 연결되어 있고, 널어놓은 어망과 어부들의 모습이 점차 그림자처럼 엷어져 갔습니다.

항구에 어둠이 찾아올 무렵, 겨우 예약해놓은 게 요리 음식점으로 발걸음을 옮겼습니다.

'가와기치' 라고 하는 음식점이었습니다. 게로 만든 음식들과 작은 가자미 소금구이, 그리고 미쿠니에서 잡았다는 성게 모두 맛있었지만, 옻그릇에 가득 담긴 게 조수이채소나 어패류 등을 잘게 썰어 넣고 된장이나 간장으로 간을 맞춘 죽는 정말 감동적이었습니다. 가게 주인이 게의 비린내를 없애기 위해 고심고심해서 만들어낸, 표고버섯과 향이 진한 미츠바(파드득나물, 반디나물)를 듬뿍 넣은 죽이 너무 맛있어서 두 그릇이나 먹고 말았습니다.

까만 옻칠을 한 죽 그릇은 양손으로 감싸 안을 만한 크기에 완만한 곡선이 훌륭했습니다. 뚜껑을 열자 김으로 생긴 물방울이 뚜껑 안쪽에 그대로 맺혀 있더군요. 필요 이상의 김이 음식에 떨어지지 않는 것은 섬세한 옻칠 때문일까요. 아니면 뚜껑의 절묘한 둥근 모양 때문일까요. 새삼스럽게 옛 사람들의 지혜에 놀라지 않을 수 없었습니다.

갑자기 이런 옻그릇을 갖고 싶어졌습니다. 미쿠니 항에서 아와라 간선도로를 따라 걷다가 골동품상과는 조금 다른, 뭐든지 사고파는 가게를 발견하고는 빨려 들어가듯 가게로 들어섰습니다. 그런데 운이 좋게도, 마침 어느 오래된 집 창고에 있던 도구들을 한꺼번에 내다 팔았는지, 옻그릇은 물론 손님 한 사람 한 사람 앞에 놓는 작은 밥상과 마키에옻칠을 한 위에 금, 은 등의 가루를 뿌려 표면에 무늬를 나타내는 일본 특유의 공예로 된 접시, 옛날 도시락과 물레, 항아리 등 예전에는 요긴했지만 지금 생활에는 필요 없어진 것들이 가게 안에 가득 쌓여 있었습니다.

옻그릇은 아름다운 까만 칠에 금색 국화꽃이 그려져 있었습니다. 까만 그릇의 안쪽은 빨갛고 뚜껑 안쪽까지 화려한 호랑나비 한 마리가 그려져 있었는데, 생각보다 값이 싸서 아무런 망설임 없이 샀습니다.

요즘에는 호쿠리쿠 여행 중에 사 온 옻그릇을 사용하는 데 재미를 붙였습니다. 그릇 밑바닥에 하나하나 빨간 붓으로 '모리모토가家' 라고 써 있었습니다. 그릇을 씻을 때마다 모리모토가 어떤 집안이었을까, 대가 바뀌어 창고를 없애면서 그동안 간직했던 것들을 판 것일까 하며 이런저런 생각을 하게 됩니다.

국이나 죽은 물론, 볶음밥 등 뜨거울 때 먹어야 맛있는 음식들은 이 옻그릇에 담아 뚜껑을 덮어두면 뜸이 드는 것처럼 맛있게 먹을 수 있습니다.

당근 등의 야채를 넣고 지은 밥도 사기그릇에 담았을 때와는 맛이 달랐습니다. 덮밥이나 조린 음식과도 어울리고, 때로는 초콜릿이나 마시멜로 등을 넣는 과자그릇으로도 사용하는데 제법 멋스러웠습니다. 신기하게도 옻그릇은 그 속에 담은 것들을 더욱 맛있어 보이게 해줍니다.

"뚜껑이 그릇에 붙은 것처럼 꼭 닫혀 귀를 기울이면 칫, 칫, 칫 하고 김이 새는 소리가 나는 게 좋아요."

옻그릇에 국을 내놓았을 때 손님이 말씀하시더군요.

요즘은 옻그릇에 관심을 갖는 사람들이 별로 없지만, 나무를 깎아 그 위에 몇 번이고 옻칠을 하고 마키에를 입힌 그릇이 잊혀지는 것은 정말 안타까운 일입니다.

얼마 전 중국에서 2000년 전에 술을 뜨던 그릇이 출토되었는데, 그 아름답고 긴 생명력을 생각하니 옻그릇이 더욱 소중해 보였습니다.

디저트

포트에 한 스푼, 당신께 한 스푼

── "커피로 하실래요, 홍차로 하실래요?" 하고 물어오면 나는 대부분 홍차를 마십니다. 딱히 커피를 싫어하는 것은 아니지만 홍차를 마시는 것이 무척 즐겁기 때문입니다. 마시는 방법과 차를 내놓는 방법이 다양해서 커피보다 쉽게 마실 수 있지만 "홍차는 더운물에 그저 색을 입힌 것처럼 달지도 쓰지도 않아 맛이 없다"는 사람도 있습니다. 그도 그럴 것이 홍차는 제대로 타지 않으면 정말 맛이 없는 데다, 찻물이 미지근하면 정말 마시기 힘듭니다. 홍차를 맛있게 마시기 위해 중요한 것은 단 하나, 물의 온도입니다.

홍차 종류는 크게 밀크 티와 레몬 티로 나눌 수 있는데 밀크 티는 영국식입니다. 우선 맛있는 영국식 밀크 티를 끓이는 방법부터 알아보기로 하겠습니다.

포트에 뜨거운 물을 부어 따뜻하게 데웁니다. 거기에 홍차를 넣는데 이때 차의 양이 중요합니다. '포트에 한 스푼, 한 사람에 한 스푼'으로 기억해두세요. 무슨 뜻인지 아시겠어요? 한 사람분의 홍차는 티스푼으로 하나 가득입니다. 혼자 마실 때는 포트에 한 스푼, 내게 한 스푼. 둘이 마실 때는 포트에 한 스푼, 당신께 한 스푼, 그리고 내게 한 스푼 이렇게 세 스푼이 필요하다는 뜻으로, 언제나 인원수에 한 스푼을 더하면 됩니다.

녹차는 찻잎을 넣고 세 사람이 마실 때는 뜨거운 물 세 잔을 넣고, 우러난 물을 찻잔에 모두 따르지만 홍차는 그렇지 않습니다. 한 잔 정도의 차를 언제나 포트에 남겨둡니다. 거기에 다시 뜨거운 물을 두세 잔 붓고 식지 않게 솜을 넣은 티코지Tea Cozy를 모자처럼 씌워두고 한 잔 더 마십니다. 영국 사람들은 홍차를 마실 때 반드시 이렇게 두 번째 잔을 즐깁니다.

이제 따뜻해진 포트에 두 사람을 위한 홍차를 스푼으로 가득 세 번 넣은 후 거기에 펄펄 끓은 물을 찻잔으로 세 잔을 붓고 2~3분 기다립니다. 냉장고에 넣어둔 우유는 너무 차가우니까 살짝 데워서 원하는 만큼 잔을 채우고 홍차를 따릅니다. 우유는 나중에 넣어도 마찬가지란 사람도 있지만, 역시 홍차를 제대로 즐기는 사람들은 우유를 먼저 넣습니다. 추울 때면 물론 컵도 미리 따뜻하게 해두세요.

뜨거운 물로 진하게 우려낸 홍차를 우유에 따르고 취향에 따라 설탕을 넣으면 마음의 긴장을 풀고 차분하게 해주는 맛이 있습니다. 밀크와 하나된 홍차가 미끄러지듯 목을 타고 넘어가지요. 추운 저녁에 마시는 밀크 티는 정말 느긋하고 편안한 마음을 선사합니다.

레몬 티는 밀크 티와 다른 상쾌한 맛으로 같은 홍차지만 전혀 다른 얼굴을 하고 있는데, 밀크 티보다 흐리게 타야 맛있게 드실 수 있습니다. 레몬 티는 따뜻한 포트에 한 사람에 한 스푼, 두 사람이라면 두 스푼만 넣습니다. 포트 몫의 한 스푼은 필요하지 않습니다.

포트에 뜨거운 물을 붓고 2~3분 기다립니다. 찻잔에 역시 설탕과 레몬을 먼저 넣고 마시기 직전에 뜨거운 홍차를 따릅니다. 뜨거운 홍차와 만난 레몬 향이 순식간에 퍼지고 레몬의 신맛으로 홍차의 떫은맛이 사라져 산뜻하고 마시기 좋습니다. 하지만 차를 진하거나 흐리게 마시는 것은 기호에 따라 다르기 때문에, 흐리게 마실 수 있도록 뜨거운 물을 곁들이면 더 좋겠지요.

— 부엌에서 찻잔에 홍차를 따라 와서 설탕을 넣고 미지근해진 차에 레몬을 띄우는 것은…… 이것은 홍차를 시시하게 만드는 방법입니다. 모처럼 넣은 레몬은 그저 찻잔에 떠 있을 뿐 제대로 향기를 내지 못합니다. 찻잔에 설탕과 레몬을 넣고 뜨거운 홍차를 소리 내어 따르면, 순식간에 향기가 퍼지며 레몬이 익습니다. 익은 레몬은 건져내고 산뜻한 차를 맛보면 됩니다.

여기에 하나 더 각설탕에 대해.

각설탕은 큰 것과 작은 것이 있는데. 크고 작은 각설탕을 한데 섞어 설탕

그릇에 넣어둡니다. 커피와 홍차, 사람에 따라 입맛이 다르기 때문에 크고 작은 설탕을 섞는 것이지요. 단맛을 별로 좋아하지 않는 사람은 작은 설탕을 하나. 좀 더 단것을 좋아하는 사람은 큰 설탕을 하나. 그보다 더 단것을 좋아하는 사람은 작은 것 두 개. 보통이라면 큰 것 하나에 작은 것 하나. 단것을 좋아하는 사람은 큰 설탕 두 개. 더 단것을 좋아한다면 큰 설탕 두 개에 작은 설탕 하나. 이런 식으로 얼마든지 단맛을 즐길 수 있습니다.

핫 피치

— 식사가 끝난 뒤 디저트로 케이크를 먹기는 부담스럽고 뭔가 다른 게 없을까 싶을 때 모두가 좋아할 만한 메뉴 한 가지를 소개합니다.

바로 과일 통조림을 이용한 디저트입니다. 복숭아 통조림이 가장 좋은데, 먼저 프라이팬에 통조림을 부어 따뜻하게 데웁니다. 복숭아가 다 데워지면 일단 들어내서 식지 않게 둔 다음 과일즙만 조금 더 졸이다가 딸기잼을 3티스푼 정도 넣고 콘스타치를 풀어 조금 걸쭉하게 만듭니다.

뜨거운 물에 넣어 따뜻하게 데운 접시에 복숭아를 담고 프라이팬의 소스를 끼얹습니다. 1인분에 복숭아 두 쪽 정도면 적당합니다. 먹을 때 브랜디를 조금 끼얹으면 훨씬 맛이 깊어집니다.

추운 날 과일 통조림의 이런 디저트는 어떠세요.

생크림 사용법

—— 생크림을 활용해보시면 어떨까요? 생각보다 꽤 쓸 곳이 많아서 한두 개 냉장고에 넣어 두면 즐거움도 늘어납니다.

볼에 넣고 달걀거품을 낼 때처럼 거품기를 사용해 만들어 두면 굳어서 쓰기 편한데 커피나 코코아 위에 띄워도 좋고 홍차 위에 얹어도 맛있습니다.

설탕을 조금 넣어 거품을 내면 달콤한 크림처럼 딸기 위에 얹을 수 있습니다. 잔뜩 사 둔 딸기가 상하기 시작하면 상한 부분을 잘라내고 1센티미터 크기로 썰고, 내친김에 복숭아 통조림이나 귤 같은 과일도 같은 크기로 썰어 거품을 낸 크림을 가득 넣어 버무립니다. 적은 양의 과일로 넉넉한 디저트를 만들 수 있고, 또 과일을 그대로 먹었을 때와는 다른 맛을 즐길 수 있어 손님 대접 등에도 좋습니다. 레몬이나 과일식초를 넣어 신맛이 나는 크림을 만들면 생선 버터구이나 팬케이크, 크래커에 곁들이거나 샐러드에 사용할 수 있습니다.

즉석에서 또 다른 포타주 수프가 필요할 때, 마지막에 생크림을 넣으면 전혀 다른 맛의 수프가 되는 것도 즐겁습니다.

겨울철 디저트

— "요리를 못해요. 제대로 만들 수 있는 게 아무것도 없거든요."

늘 책을 읽거나 글 쓰는 일로 바빠서 손님은 반드시 레스토랑으로 초대하시는 맨 레이 부인 댁을 방문할 때면 정성이 담긴 요리를 직접 만들어주십니다. 파리의 추운 겨울, 꽁꽁 언 몸으로 댁에 들어서면 스토브 위에는 늘 맛있는 수프가 보글보글 끓고 있었습니다.

따뜻한 수프가 얼마나 맛있던지 '이렇게 요리를 잘 하는데 어째서 늘 못한다고 하시는 걸까?' 하고 생각했습니다. 매주 일요일마다 댁을 찾는 즐거움 중의 하나는 겨울 디저트인 '퐁텐블로 아 라 크렘'을 먹을 수 있다는 것이었습니다. 눈처럼 희고 맛있으며 영양도 만점인데 전혀 부담스럽지 않은 디저트. 겨울이 되면 그 맛이 떠오릅니다.

프랑스에는 스위스라는 거의 아무 맛이 없는 생치즈가 있습니다. 그 치즈 위에 생크림을 눈처럼 하얗게 얹고 설탕을 살짝 뿌립니다. 스푼으로 떠 혀 위에 올려놓으면 정말 행복한 기분이 듭니다.

얼마 전에 무조건 흉내라도 내보자는 생각에 치즈를 두세 가지 사 와서 만들어보았습니다. 똑같은 맛의 치즈는 아니었지만, 내추럴 치즈나 내추럴 크림치즈 같은 연하고 부드러운 맛의 치즈를 사용했습니다.

접시에 아이스크림처럼 치즈를 놓고 그 위에 거품을 낸 생크림을 눈처럼 소복이 얹어서 먹기 바로 전에 기호에 따라 파우더 설탕을 뿌렸는데 프랑스에서 먹었던 것과 맛이 비슷해 무척 기뻤습니다. 마침 방문한 친구에게 내놓았습니다.

"세련된 맛이다. 이렇게 맛있는 건 처음이야. 이런 걸 먹다 보면 다른 케이크는 못 먹겠다" 하며 맛있게 먹어주었습니다.

기쁜 마음에 저는 갑자기 맨 레이 부인이 보고 싶어졌습니다.

작고 빨간 순무

― 작고 빨간 순무 래디시radish를 하얀 티 컵에 수북이 담고, 다른 컵에는 각설탕 크기로 자른 버터를 물에 띄웠습니다. 그리고 소금이 담긴 작은 접시도 곁들였습니다.

"어쩌면 순무가 이렇게 사랑스럽죠?"

"버터를 발라 먹나요?"

"버터를 발라도 좋고 따로따로 먹어도 괜찮고, 번갈아 드시는 것도 맛있어요. 소금과 버터를 함께 곁들이는 것도 맛있고 좋아하시는 대로 드시면 된답니다."

무는 약간 매운맛에 결이 꽉 찼는데 신기하게도 버터와 잘 어울리고 사각사각 씹는 맛이 뭐라 표현하기 힘든 멋진 오르되브르였습니다.

집에 와서 바로 흉내를 내보았습니다. 버터를 곁들이면 서양음식 같지만 고추냉이와 간장을 곁들이면 일식이 될 것 같더군요.

양배추 대신 돈가스나 생선튀김에 곁들이기도 하는데 색깔이 예쁜 작은 그릇에 담으면 식탁을 더욱 생기 있게 만들어줍니다.

잎을 따서 먹기 직전까지 찬물에 담가 두면 씹는 맛이 더 아삭아삭하고 잎도 상하지 않고요. 얼마 전에 쇠고기를 구운 프라이팬에 육즙이 남아서 버터를 조금 더 넣고 순무를 볶았는데 정말 맛있었습니다. 또 한번은 간장

2~3방울을 프라이팬에 떨어뜨리고 볶았는데 양이 너무 적어진 것이 원망스러울 따름이었습니다.

햇감자

— 감자를 좋아하신다면 이미 오래전부터 만들고 계실지도 모르겠지만 별로 좋아하지 않는 분이라면 한번 시도해보시는 게 어떨까요?

약간 작은 햇감자를 가는 홈이 나 있는 절구에 넣고 문질러가며 씻습니다. 껍질이 얇으면 금방 벗겨지지만 껍질이 남아 있어도 상관없습니다. 그날 기분에 따라 삶기도 하고 기름에 튀기기도 하는데, 삶을 때는 소금을 조금 넣고, 튀길 때는 기름이 차가울 때부터 프라이팬에 넣습니다. 튀긴다기보다는 프라이팬에서 익힌다고 하는 것이 옳을지도 모르겠군요. 속까지 익게 가끔 저어주면서 바깥이 노르스름한 갈색을 띨 때까지 익힙니다. 그러기 위해서는 불을 너무 세지 않게 하는 것이 유일한 요령이지요.

기름에서 건진 후에는 소금을 뿌립니다. 솔솔솔 조금 많다 싶을 정도가 좋습니다. 그다음은 소스와 양념인데 그날 집에 있는 재료들로 각자가 좋아하는 것을 만들어 먹는 것이 즐겁습니다.

소금, 후춧가루, 버터, 간장, 타바스코, 머스터드, 치즈 가루, 식초에 사워크림, 마요네즈나 케첩, 피클이나 양파 다진 것, 케이퍼, 햄, 소시지, 살라미소시지, 정어리, 김무침, 간장과 생강. 이것들을 모두 테이블에 올려놓지만 역시 주역은 흙냄새를 떠올리게 하는 감자입니다. 뜨거운 감자를 들고 후후 불어가며 갖은 양념과 곁들여 먹으면 가장 멋진 제철 음식이 됩니다.

복숭아가 맛이 없을 때는

— 맛있어 보이던 복숭아가 너무 빨리 땄는지 달지도 시지도 않아 실망스러울 때가 있습니다. 그럴 때는 복숭아를 적당한 크기로 잘라 오목한 접시에 담고 그 위에 설탕과 우유를 넉넉히 부어 먹습니다. 투명한 유리 그릇이라면 더욱 맛있게 먹을 수 있겠지요.

달지 않은 젤리

— "설탕을 안 넣고 젤리를 만들어봤어요. 드셔보실래요?"

젤리에 설탕을 넣지 않았으면 분명 약 같아서 먹기 힘들겠지 하는 마음이었지만, 워낙 요리와 과자 만들기에 정평이 난 사람이라 기쁜 마음으로 먹어보았습니다.

납작한 컵에 담은 젤리는 무척 차가웠고 안에 여름밀감과 바나나가 들어 있었습니다. 한입 넣으니 귤 향과 젤리가 조화로웠고, 혀에 닿는 바나나가 달콤해서 설탕이 들어간 젤리와는 전혀 다른 산뜻한 맛이었습니다. 얼른 만드는 법을 메모해왔습니다.

조금 큰 여름밀감 한 개를 속껍질까지 벗겨서 두세 쪽으로 자르고 바나나 두 개를 껍질을 벗겨 얇게 자릅니다. 젤라틴 가루 3봉지에 물 3컵을 넣어 녹인 다음 흰 포도주를 3큰술 넣고 식힙니다. 젤리가 굳어갈 무렵 여름밀감과 바나나를 넣고 적당한 컵에 나누어 담아 냉장고에 넣고 굳힙니다.

바나나의 단맛이 부족하면 맛이 없기 때문에 젤리를 만들기 전에 바나나 맛을 확인해보세요. 과일은 복숭아나 파인애플 등 단맛이 있는 것은 뭐든지 사용할 수 있지만, 바나나는 반드시 넣는다고 합니다. 또 생크림을 조금 넣어도 맛있습니다.

월귤잼

— 월귤로 만든 잼을 선물로 받았습니다. 월귤은 크기가 수유나무 열매 정도로 작지만 예쁜 루비색의 새콤한 잼을 만들 수 있습니다.

라벨에 허클베리Huckleberry라고 써 있기에 영화 '티파니에서 아침을' 에서 오드리 헵번이 부른 'Moon River' 라는 노래에 'my Huckleberry friend……' 란 노랫말이 있는데, 어릴 적 친구라는 뜻일까요. 이 잼과 무슨 관계가 있을까 궁금했습니다.

마침 그날 저녁 손님이 오셔서 아이스크림에 이 잼을 얹어 디저트로 내놓았습니다. 하얀 아이스크림에 루비색 잼을 얹고 럼주를 조금 떨어뜨렸더니, 빛깔도 예뻐 모두가 좋아하셨습니다.

입속에서 새콤한 잼과 럼주의 향이 아이스크림과 하나가 되어 절묘한 맛을 연출하더군요. 딸기잼이나 살구잼 등도 이렇게 사용하면 좋을 것 같았습니다.

밀감 통조림

— 여름철 귤이 나지 않는 계절에는 밀감 통조림을 늘 한두 개 냉장고에 넣어 둡니다. 식후 디저트로 케이크는 부담스럽고 수박도 내키지 않을 때, 이 차가운 귤은 정말 좋은 디저트가 됩니다. 무엇보다 색깔과 모양이 예뻐 여러 방법으로 사용할 수 있습니다.

파인애플이나 복숭아 통조림을 먹으면서 한 조각씩 접시에 놓는 것은 너무 부족해 보이고, 두 조각씩 놓자니 가족 모두에게 돌아가지 않더군요. 그럴 때 파인애플이나 복숭아 한 조각에 귤을 네다섯 쪽을 함께 담아보세요. 접시가 풍성해 보이고 모양과 색깔도 훨씬 예뻐 보입니다.

사과절임

—— 요네자와 시에서는 어떤 야채 가게에서도 사과절임을 팝니다. 처음 보는 것이라 어떤 맛일지 궁금해서 조금 사가지고 왔는데 사과향이 좋고 달콤새콤한 데다 발효가 되어 독일의 자와크라우트식초에 절인 양배추를 떠올리게 하는 맛이었습니다. 그냥 먹어도 맛있지만 햄이나 소시지와 곁들여 먹으면 더 맛있을 것 같았습니다.

숙소에 돌아와 여관주인에게 물어보니 '솎아낸 사과' 즉 주렁주렁 열린 사과를 다 키울 수 없어서 풋사과일 때 솎아내서 소금에 절인다고 하더군요. 태풍에 떨어진 사과도 소금에 절여 겨울부터 봄이 오기까지 아껴가며 먹는다고 합니다.

예전에는 버리는 사과가 아까워 각 농가에서 절였는데 요즘은 야채 가게에서도 판다고 합니다. 지방을 여행하다 보면 그 지방만의 먹을거리들이 있습니다. 여행지에서 여태껏 먹어보지 못한 음식을 만나는 것은 여행의 또 다른 즐거움입니다.

오렌지 향

── 오렌지 껍질을 벗길 때면 상쾌한 향기에 기분이 좋아집니다. 오렌지를 다 먹고 나도 윤기가 흐르는 껍질에서 여전히 향기가 나서 좀처럼 버릴 마음이 들지 않습니다.

프랑스 등에서는 오렌지 껍질을 강판에 갈거나 잘게 썰어서 음식 맛을 내는 데 사용하기 때문에 버리지 않습니다.

알맹이를 까 먹고 나서 껍질 안쪽의 하얀 부분을 칼로 살짝 도려냅니다. 남은 껍질을 설탕에 버무려 인스턴트 커피병처럼 입구가 큰 병에 넣어 냉장고에 보관합니다. 대략 여섯 개 정도면 병이 가득 찹니다. 냄비에 절인 오렌지 껍질과 껍질이 잠길 정도의 물 5컵과 설탕 4큰술을 넣고 불에 올립니다. 끓기 시작하면 하나, 둘, 셋 하고 열까지 센 다음 불을 끄고 그대로 식힙니다. 다 식으면 다시 병에 넣어 냉장고에 보관합니다.

4~5일 정도 지나 병뚜껑을 열어보면 부드럽고 새콤한 오렌지 향이 퍼집니다. 오렌지시럽을 3분의 1 정도 컵에 따르고 뜨거운 물을 부으면 오렌지에이드가 됩니다. 3분의 1컵 정도의 오렌지시럽에 차가운 탄산수를 넣으면 오렌지스카시가 됩니다. 손님 접대 시에는 둥글게 썬 오렌지를 위에 띄워내면 어떤 가게의 오렌지에이드, 오렌지스카시에도 뒤지지 않습니다. 이것은 누구한테 배운 것이 아니라 1년 동안 수많은 시행착오를 거쳐 제가 고안

해낸 것입니다.

이 오렌지시럽을 다 먹으면 껍질을 꺼내 1~2밀리미터로 가늘게 채를 썰어서 설탕 100그램과 물 2컵을 넣고 다시 중불에 끓입니다. 익는 중간에 다시 물 2컵을 넣고 조려가면서 마멀레이드를 만듭니다. 빵에 바르면 여전히 오렌지 향을 즐길 수 있습니다.

귀찮거나 궁상맞다고 생각하실 분이 계실지 모르지만, 맛있게 먹은 오렌지 껍질은 물론 그다지 맛이 없는 오렌지 껍질을 맛있게 먹을 수 있는 방법이기도 합니다.

이렇게 껍질을 이용하다 보니 오렌지가 더욱 친근하고 사랑스러운 과일이 되었습니다. 지금 냉장고 안에 보관 중인 오렌지시럽 병 두 개가 내게는 커다란 자랑거리입니다.

멋진 어머니

—— 어릴 적 어머니가 가끔 만들어주시던 '눈송이' 라는 우리 집만의 간식이 있습니다. 요리에 사용한 달걀흰자가 남았을 때, 흰자를 저어 거품을 냅니다. 냄비에 우유와 설탕을 넉넉히 넣어 불에 올려 우유가 끓으면 거품을 낸 달걀흰자를 커다란 스푼으로 떠서 그 안에 띄웁니다. 달걀흰자의 거품이 어느 정도 오그라들지만, 거품을 잘 냈기 때문에 모양은 유지됩니다. 뜨거운 우유를 작은 유리그릇에 담고 그 위에 달걀흰자를 서너 개 띄워 스푼으로 떠 먹습니다.

초등학생인 나는 어머니가 이 간식을 만들면 너무 좋아서 춤을 추었고, 달걀흰자로 이런 간식을 만드는 어머니가 무척 멋있어 보였습니다.

얼마 전에 그것이 '프로틴아일랜드' 라는 어엿한 영국 과자라는 것을 알았습니다. 달걀흰자뿐 아니라 노른자를 더하거나 바닐라 에센스를 떨어뜨리고 그릇에 담은 후 초콜릿을 썰어 장식도 하지만, 기본은 '눈송이' 와 같았습니다.

이 계절에 나는

멋을 아는 사람

— 좋은 가죽으로 된 구두나 핸드백은 오래되었어도 손질만 잘하면 새것보다 고상하고 멋져 보입니다. 가죽 손질이 말처럼 간단하지는 않지만, 가장 중요한 것은 닦는 것이라고 합니다. 외출해서 돌아오면 우선 솔로 구두나 핸드백의 먼지를 털고, 부드러운 천으로 말끔하게 닦습니다.

일요일이나 휴일 같은 때는 적어도 한 시간 정도 할애해 가방이나 구두를 닦아보세요. 잘 닦인 구두나 가방 곁에 어떤 새 물건이 놓여 있어도 눈에 들어오지 않습니다.

멋을 아는 사람이란 다른 말로 하면 손질을 잘하는 사람입니다. 손질을 잘하는 사람은 새것을 살 때도 자연스럽게 현명한 쇼핑을 하게 됩니다. 아무리 손질해도 소용없는 것과 닦을수록 윤기를 내는 것들을 점점 구별할 수 있기 때문입니다.

여름 원피스

— 긴자 거리를 걷다 튼튼한 무명 프린트의 여름 코트를 보았습니다. 코트는 추울 때 입는 것이라는 선입견 때문에 처음에는 여름 코트가 어울릴까 하고 생각했지요. 하지만 여름에는 강하게 냉방이 된 찻집이나 레스토랑, 극장과 영화관이 많습니다. 열차에서 추워서 부들부들 떨며 여행을 하다 여름 감기에 걸렸던 적도 있고요. 윗도리를 가져오면 좋았을 걸 하고 생각했던 적도 한두 번이 아닙니다.

레인코트는 좀 더워 보이고 카디건도 나쁘지 않지만, 이런 무명으로 된 여름 코트는 여름 동안의 '추위'에는 없어서는 안 될 아이템입니다.

파란 모자

— 햇살이 뜨거워질 무렵이면 나는 파란 모자를 꺼내 눈에 띄는 곳에 둡니다. 몇 년 전 긴자에서 저렴한 가격에 구입한 모자인데 머리를 덮는 크라운이 깊어 머리를 푹 감쌀 수 있고, 햇살에 따라 챙을 위아래로 자유롭게 움직여 모양을 바꿀 수도 있습니다. 별다른 장식은 없지만, 하얀색 테이프가 챙 둘레를 감싸고 있습니다.

따가운 햇볕이 내리쬐는 날, 이 모자가 있으면 제법 견딜 만합니다. 양산은 짐이 되기도 하고 잊어버릴 수도 있습니다. 챙이 넓은 모자는 복잡한 전철이나 버스 안에서는 사람들에게 방해가 되고 소나기를 맞으면 곤란한 데다 유행도 있어 오래 쓸 수 없습니다.

거기에 비하면 이 천으로 만든 파란 모자는 비를 맞아도 끄떡없고, 안 쓸 때는 접어서 쇼핑백 같은 데 넣어둘 수도 있습니다. 오래 쓰면서 이렇게 편리한 모자를 만나기도 쉽지 않습니다. 게다가 이 모자를 쓰면 왠지 젊어 보여 기분까지 좋아집니다.

불빛

— 날이 추워지면 불빛이 그리워집니다. 저녁 무렵 전철 창으로 아파트 등에서 새어나오는 불빛을 보면 왠지 마음이 따뜻하고 안심이 되지만, 어두운 창이 많으면 쓸쓸한 느낌이 듭니다.

떨어진 낙엽 사이에서 불꽃처럼 빨갛게 물든 낙엽을 찾았습니다. 쓸어 모은 낙엽을 태우는 것도 어쩌면 불빛이 보고 싶어서였는지도 모르겠습니다.

봄이나 가을에는 부담스러워 보이는 빨간색 코트나 옷들도, 겨울의 추위와 어두운 분위기 덕분인지 누구에게나 잘 어울리는 것 같습니다.

달개비 원피스

— 장마가 가까워지면 늘 입는 옷이 있습니다. 약간 두꺼운 무명으로 된 반소매 원피스인데 벌써 10년 정도 입었을까요. 매우 단순하고 커다란 남색과 초록, 흰색의 달개비꽃 무늬가 프린트되어 있습니다. 처음 천을 발견하고 금방 사고 싶었지만 참았는데 며칠이 지난 다음 다시 보니 더욱 탐이 나더군요. 1미터에 500~600엔 정도로 그다지 비싸지도 않았고요.

아침 이슬에 젖어 언제 피었는지도 모르게 뜰 한쪽에 피어 있는 달개비꽃을 좋아합니다.

원피스를 만들어 입으니 촉감이 시원한데다 조금 후텁지근한 날은 바람이 잘 통하고, 조금 선선하다 싶을 때는 신기하게도 따뜻했습니다. 이런 장점을 가진 무명은 더웠다가 선선해지는 이 계절에 정말 안성맞춤입니다.

매년 이때가 되면 꺼내 입기 때문에, 주위 사람들도 이 옷을 보면 "이제 장마군요" 하고 장마를 화제로 삼기도 하지요. 자기가 좋아하고 주위 사람들에게도 사랑받는 옷, 정말 행복한 옷입니다.

이제 곧 장마철입니다. 달개비 원피스를 준비해둡니다. 뜰 한쪽에서 혹은 길가에서 달개비도 짙은 청색 꽃을 피울 준비를 하고 있겠지요.

코트의 계절

── 곰곰이 생각하다 오버코트를 입는 계절이 뜻밖에 길다는 것을 알았습니다. 12월에서 3월까지라고 치면 1년의 3분의 1에서 4분의 1은 코트를 입는 셈입니다. 지금까지는 별 생각 없이 마음에 드는 코트만 입었는데, 다음에 코트를 장만할 때는 잘 생각해서 골라야겠습니다.

유럽 사람들은 오버코트에 돈을 많이 들인다고 합니다. 돈을 모아 좋은 모피코트를 마련하기도 하고요. 안에 아무리 좋은 옷을 입어도 겉에 입은 코트가 얇고 낡았다면 추운 겨울의 회색 거리가 더욱 춥게 느껴지지 않을까요. 반면에 겉에 입은 오버코트가 따뜻하고 멋지다면 안에는 간단한 스웨터나 스커트만 입어도 좋을 것 같습니다.

코트 차림으로 사람들과 만나는 일은 많지만, 코트를 벗고 만나는 것은 무척 친한 사이일 때입니다. 그렇다면 겨울의 멋은 어떤 코트를 입느냐에 달린 것이 아닐까요. 유럽 사람들이 돈을 모아 비싼 코트를 장만하는 것은 현명한 일인 것 같습니다.

스웨터와 스커트

── 스웨터에 스커트 차림은 겨울이 기다려질 정도로 내가 좋아하는 아이템입니다. 따뜻하고 편하기도 하지만, 여러 색깔의 스웨터를 입을 수 있는 것도 즐겁습니다. 겨울은 어두운 계절이지만, 내가 일 년 중 겨울을 가장 화사하고 젊게 보낼 수 있는 것은 스웨터가 있기 때문입니다.

회색 스커트에 네이비블루 스웨터, 목에는 빨간 머플러를 두릅니다. 베이지색 스커트에는 갈색 스웨터를 입고 오렌지색 블라우스를 살짝 내보입니다. 까만 스커트에는 까만 터틀넥 스웨터에 커다란 금색 귀고리. 그리고 하얀 스커트에는 연두색 스웨터에 올리브색 머플러가 보이게 합니다. 밝은 회색 바지에 넉넉한 빨간색 스웨터, 목에는 감색 도트 무늬의 스카프.

이것들은 내가 자주 매치하는 스웨터와 스커트 그리고 바지인데 가만 생각해보면 스웨터를 입는다기보다는 컬러를 입는다는 생각이 듭니다. 빨강, 감색, 녹색 등의 스웨터를 그날 기분에 맞게 골라 입고, 거울 앞에 서서 거기에 맞는 머플러와 귀고리, 목걸이 등을 마치 그림을 그리듯이 고릅니다.

── 스웨터와 스커트는 조금은 평상복 차림이라는 느낌이 있어선지, '스웨터 차림이어서 미안해요' 하고 말씀하시는 분도 계십니다. 스웨터와 스커트 차림으로 어디든지 나타나는 저로서는 당황스러운 일입니다.

이탈리아 밀라노에서 지낼 때, 자주 파티에 초대받았었는데 파티장에 스웨터와 스커트 차림의 사람들이 많아서 놀랐던 기억이 있습니다. 그것도 요즘 일본에서 유행하는 장식적 무늬나 자수를 놓은 것이 아니라 그다지 디자인적 요소가 없는 스웨터였습니다. 하지만 거기에 진주목걸이를 걸치거나 브로치를 다니까 무척 멋있어 보였습니다.

그러고 보니 파리에서도 스웨터와 스커트 차림의 여성을 많이 보았습니다. 내가 좋아하기 때문에 더 눈에 띄었는지도 모르겠군요.

감색이나 녹색 스웨터를 입은 사람이 많았고 빨간 스웨터를 얄미울 정도로 멋지게 입은 사람도 있었습니다. 모두들 아무렇지도 않게 입고 있는 듯하지만, 조금만 살펴보면 실은 꽤 신경을 쓴 차림이라는 걸 알 수 있습니다.

우연히 텔레비전에서 영국 왕실의 평소 생활 모습을 보았습니다. 엘리자베스 여왕이 회색 스웨터 위에 같은 색 카디건을 소매를 끼우지 않고 걸친 다음 윗단추만 채우고 있더군요. 공식석상 외의 시간에는 거의 스웨터와 스커트 차림이라는 앤 공주의 말에 취향이 같은 사람을 만난 듯해서 반가웠습니다.

자신감

빨간 베레모

— 실버그레이와 베이지, 그리고 빨간 베레모를 가지고 있습니다. 베레모는 쓰면 기분까지 달라지니 신기한 모자입니다. 옷차림이 뭔가 맞지 않아 어색할 때 베레모를 쓰면 거울 속에 비친 내 모습이 순식간에 변합니다. 멋쟁이라기보다 세련되어 보인다는 말이 더 어울릴지도 모르겠습니다. 베레모를 쓰면 촌스러움이 사라집니다. 머리 손질을 제대로 못했을 때도 베레모를 쓰면 단정해 보입니다.

저는 약간 큼직한 베레모를 좋아합니다. 머리에 딱 맞는 베레모는 어린아이가 털모자를 쓴 것 같아 보이기 때문이지요. 푹 눌러쓰고도 여유가 있을 만큼 느슨한 것이 좋습니다. 테이블 위에 놓고 폭을 재어보니 약 30센티미터였는데 이보다 더 큰 베레모가 있으면 훨씬 더 다양하게 쓸 수 있습니다. 베레모를 얼굴 앞쪽으로 눌러쓴 다음, 왼쪽이나 오른쪽으로 마음에 드는 만큼 기울입니다. 어중간하게 기울이는 것보다 과감하게 기울이는 것이 훨씬 멋스럽습니다.

저도 처음 쓰기 시작했을 때는 거울 앞에 서서 베레모를 앞으로 썼다 뒤로 썼다, 옆으로 썼다 하면서 내게 어울리는 모양을 이리저리 궁리했습니다. 베레모를 쓰기 시작하고 해를 거듭할수록 점점 어울린다는 생각이 듭니다. 어울리는 모양을 찾았고 얼굴에도 익숙해졌다는 뜻이겠지요. 처음에는 까만색이나 감색 베레모를 썼는데, 머리카락이 까만 탓인지 밝은 색을 쓸 때가 얼굴이 더 뚜렷해 보여 좋아합니다. 작년에 진한 빨간색 베레모를 구입했습니다. 까만색 코트가 요즘 들어 나이 탓인지 기분 탓인지 별로 어울려 보이지 않았는데, 진한 빨간색 베레모를 쓰니 정말 멋지고, 제가 말하기는 뭣합니다만 서너 살은 젊어 보이더군요.

베레모는 즐거움을 주는 모자입니다. 이번 겨울에 당신도 베레모를 써보세요.

가슴을 펴고

— 나는 등이 약간 구부정한 자세를 하는 나쁜 버릇이 있습니다. 자세가 나쁘면 어떤 옷을 입어도, 아무리 멋을 내도 왠지 태가 나지 않습니다. 그래서 등을 곧추세우려고 신경을 쓰지만 오랜 습관이라 어느새 다시 구부리고 있을 때가 많습니다. 그런 제게 어떤 분이 서 있을 때 양팔을 뒤로 돌려 깍지를 끼고 있으면 자세가 좋아진다고 가르쳐주셨습니다.

외국 영화를 보면 여자가 손을 뒤로 하고 서 있는 장면이 자주 나옵니다. 손에 아무것도 들지 않았을 때는 역시 손을 뒤로 해서 한쪽 손으로 다른 쪽 팔, 그러니까 팔꿈치 위를 잡는 겁니다.

그러면 자연스럽게 어깨와 가슴이 펴집니다. 등이 구부정한 사람이 계속 가슴을 펴고 있기란 쉽지 않지만, 이렇게 하면 힘 들이지 않고 가슴을 펼 수 있습니다. 그 자세로 10분만 있어도 가슴이 시원해집니다.

자세가 나쁜 분들이나 평소 등을 구부리거나 웅크리고 일하는 분들께 적극 추천하고 싶은 자세입니다.

아름다운 자세

— 프랑스 패션잡지 〈엘르〉를 보다 한 멋진 여성에게 눈이 머물렀습니다. 프랑스 전 대통령의 부인인 퐁피두 부인입니다. 까만 재킷에 하얀 동백 부케를 가슴에 단 모습이나 셔츠 칼라의 연보라색 원피스. 눈이 번쩍 뜨이는 선명한 파란색의 스톨을 걸친 부인. 사진들을 찬찬히 바라보다 아름다움의 비결이 부인의 자세 때문이라는 것을 알게 되었습니다.

무척 키가 큰 편인데도 당당하게 어깨와 가슴을 펴고 있는 모습이었습니다. 이미 쉰이 넘은 부인의 취미는 승마와 수영, 스키 등의 스포츠라고 하는데 운동으로 단련된 자세라고 할까요. 당당하고 시원스러운 모습이 보기 좋았습니다.

늦은 감이 있지만 요즘 저도 자세에 주의를 기울이게 되었습니다. 어깨를 구부리고 있으면 마음마저 울적해지기 쉽고, 어떤 옷을 입어도 맵시가 나지 않습니다. 다다미 위에 무릎을 꿇고 앉아보기도 하고, 가슴을 펴고 발을 쭉 뻗으며 걷다 보면 기분까지 밝아집니다. 아무리 멋진 차림이라도 자세가 나쁘면 보기가 좋지 않습니다.

첼로 켜는 부인

―― 오랜만에 연주회장을 찾았습니다. 붉은 융단에 붉은 의자, 파리다운 멋진 샹젤리제 극장을 나오며 감동적인 연주에 차가운 밤공기마저 상쾌해서 하늘을 올려다보며 오길 잘했다고 생각했습니다.

연주곡은 쇼팽의 피아노협주곡 제1번이었습니다. 피아니스트는 눈이 안 보이는 청년이었는데 연주를 시작하기 전에 손가락으로 건반을 어루만지더군요. 건반을 확인하는 걸까, 긴장이 순식간에 객석까지 전해졌습니다.

쇼팽이 스무 살 때 만든 피아노협주곡이 그날 밤에는 더욱 맑게 들렸습니다. 연주가 끝나자 우레와 같은 박수가 터졌고, 피아니스트는 지휘자의 손을 잡고 청중을 향해 몇 번이고 인사를 했습니다.

무대를 향해 박수를 보내던 내게 첼로를 안고 관객들과 함께 박수를 보내고 있는 오케스트라 단원석의 노부인이 눈에 띄었습니다. 새하얀 머리에 까만 드레스, 열심히 박수를 보내는 첼리스트와 그 옆의 옆, 그리고 그 뒤쪽에서 첼로를 안은 노부인이 젊은 피아니스트에게 박수를 보내고 있더군요.

손자가 한두 명은 있을 듯한 나이였지만 젊은 단원들 속에 섞여 당당히 연주를 하고 있었습니다. 무대를 떠날 때는 허리를 구부리고 무거운 악기를 나를지도 모릅니다. 젊은 시절부터 오늘까지 열심히 첼로를 켜온 그녀는 앞으로도 주름 깊은 손가락으로 몸을 움직일 수 있을 때까지 현을 울리겠지요.

산다는 게 어떤 것인지, 백발의 첼리스트를 보고 있으면 조금은 알 것 같았습니다.

스커트의 유행

— 미니스커트가 유행하기 시작했을 때, 다양한 시도를 하면서 내게 가장 잘 어울리는 스커트의 길이를 찾았습니다. 무릎 한가운데 정도의 길이였는데 그렇게 결정하고 나서는 어떤 스커트가 유행하든 내게 어울리는 길이의 스커트를 입었습니다.

옷을 새로 맞출 때는 아무리 신신당부를 해도 유행이라며 내가 정한 길이보다 5센티미터는 짧은 치마가 만들어지기도 합니다. 가봉을 하며 거의 싸우다시피 길이를 늘려달라고 하는데도 가끔은 짧은 스커트로 완성되기도 합니다. 그럴 때는 단을 전부 내리고 뒤에 다른 천을 덧대어 내게 맞는 길이로 고쳐서 입기도 합니다.

— 얼마 전 도쿄에서 파리의 유명한 오트 쿠튀르맞춤복 쇼가 열렸습니다. 여러 명의 디자이너가 공동으로 여는 쇼였는데 스커트 길이가 궁금해서 구경하러 갔습니다. 각 브랜드의 전속 모델이 70여 벌의 옷을 소개했는데, 하나같이 아름다운 프랑스인 모델이 입고 나와서인지 정말 훌륭했습니다.

복사뼈 조금 위 길이에 옆이 트인 타이트 스커트, 제2차 세계대전 직후에 유행한 것 같은 롱 스커트의 슈트나 원피스, 잔주름의 롱 플리츠스커트, 허리 길이의 윗도리, 리본이 달린 블라우스, 새하얀 판탈롱의 웨딩드레스.

모두 화려하고 우아했습니다.

쇼를 보면서 느낀 것은 미니스커트는 몇 작품밖에 없고 미디나 롱 스커트, 롱 코트, 판탈롱 등이 많았다는 것입니다. 파리의 세계적인 디자이너들은 이제 스커트의 길이가 유행의 포인트라고 생각하지 않는 것 같습니다.

지금까지 우리는 줄곧 스커트 길이를 고민해왔습니다. 예를 들면 처음에는 롱 플레어스커트였다가 그 뒤는 타이트 스커트, 그리고 세미 타이트. 폭이 넓어졌다 싶으면 좁아지고, 길이도 조금씩 짧아지더니 이제는 미니스커트가 되었습니다.

모델이 아름다운 이유도 있겠지만 쇼에서는 미니는 물론 미디나 롱 스커트도 멋있어 보이더군요. 앞으로는 어떤 길이의 스커트가 유행할지, 스커트 길이가 입는 이의 기호에 따라 다양해질지 아니면 지금처럼 길었다 짧았다를 반복할지는 나로서는 알 수 없습니다. 하지만 이 기회에 스커트 길이 정도는 유행과 상관없이 내가 입고 싶은 길이대로 입기로 했습니다.

미니는 놀러 갈 때, 미디나 롱은 음악회나 연극을 보러 갈 때 등 약간 격식을 차려야 할 때 입습니다. 맥시는 결혼식이나 축하연 같은 화려한 장소에 알맞겠지요. 그런 다양한 시도가 여성을 더욱 아름답게 만들 수 있습니다.

움직이는 거울

—— 자세가 나쁘면 뭘 입어도 소용이 없다고들 합니다. 나 또한 그렇게 생각해서 주변 사람들에게 "등이 굽어서 보기 안 좋아, 똑바로, 똑바로" 하고 지적하기도 했답니다.

얼마 전 친구 다섯이서 여행을 다녀왔는데, 한 친구가 캠코더를 가져왔습니다. 동영상 촬영을 시작한 지 얼마 안 되어서 연습 삼아 찍는다고 하기에, 우리도 제대로 찍기나 할까 하는 생각에 촬영을 해도 개의치 않고 행동했습니다.

비디오 편집이 완성되었으니 보러 오라고 해서, 여행 뒷이야기도 할 겸 다시 그 멤버가 모였습니다. 그런데 스크린에 비친 내 모습이라니, 너무도 실망스러워 아무 말도 나오지 않았습니다. 등을 구부정하게 하고는 터덜터덜 걷는 데다, 서서 이야기를 할 때는 핸드백을 축 늘어뜨리거나 끌듯이 들고 있었는데 멋과는 너무도 거리가 먼 모습이었습니다.

얼마나 자세가 보기 싫던지요. 걸을 때는 등을 펴고 성큼성큼 걷는 것이 멋쟁이가 되는 첫걸음이라고 생각하면서도, 전혀 실천에 옮기지 못했던 겁니다. 이대로는 정말 아무리 멋지게 차려입어도 전혀 모양이 살지 않습니다. 이미 늦었는지도 모르지만, 지금부터라도 가능한 한 가슴을 펴고 다리를 똑바로 뻗어 보기 좋게 걷는 연습을 하기로 했습니다.

골프를 치는 사람들이 캠코더로 찍어 자세를 고친다는 이야기를 들었는데 그러고 보니 캠코더는 움직이는 거울이라는 생각이 듭니다.

스케이트 왈츠

── 한 가지 멋진 보고를 드리려고 합니다. 오랫동안 동경했던 스케이트 왈츠에 맞춰 제가 피겨스케이트를 탈 수 있게 되었습니다.

얼마 전까지는 생각지도 못했던 일입니다. 동계올림픽 때 얼음 위에서 마치 꽃처럼 춤을 추는 선수들을 보고, 같은 사람인데 어쩌면 저렇게 다를까 하고 넋을 놓고 봤었습니다.

── 아주 오래전부터 스케이트를 타는 친구가 있는데 쉰을 훌쩍 넘긴 지금도 겨울이 되면 옥외 스케이트장으로 얼음을 지치러 갑니다.

그 친구는 "겨울에는 몸을 움직이지 않아 운동 부족이 되기 쉽고, 스케이트는 예순이 넘어도 탈 수 있는 데다, 함께 탈 사람이 없어도 혼자 즐길 수 있어요. 그리고 얼음 위를 지치는 것이 얼마나 신나는 일인지 말로는 표현할 수 없답니다. 그러니까 한번 해봐요" 하고 몇 번이나 권했습니다.

"스케이트는 가르쳐주는 사람 없이 혼자 연습만 해도 탈 수 있어요. 마음이 내키면 내가 시키는 대로 한번 해봐요. 지금까지 가르쳐준 사람들 모두 탈 수 있게 되었으니 걱정 말고요. 스케이트는 아기가 처음 걸음마를 배우는 것과 비슷해요. 스케이트를 신고 얼음 위를 걸으면 돼요. 링크 주위에 있는 손잡이를 잡고 걸어가는데 절대로 처음부터 얼음을 지치려 해서는 안

돼요. 한 발 한 발 얼음 위를 밟듯이 걸어요. 그렇게 하루에 1시간씩 3~4일 연습하면 손을 떼고도 걸을 수 있게 된답니다. 그날부터 조금씩 얼음을 지치게 되지요.

걸을 때 주의할 것은 자기 발끝을 보면서 고개를 숙이고 몸을 약간 구부린 듯이 걷는 거예요. 중요한 것은 편한 바지에 두꺼운 장갑을 끼는 것인데 나는 늘 가죽으로 된 두툼한 장갑을 끼지요. 그리고 토요일이나 일요일, 저녁 시간에는 사람들이 많아 주눅이 들거나 부딪칠 염려도 있으니까, 한가한 평일 오전이 좋겠군요."

—— 이렇게 몇 번이고 권유를 받던 어느 날, 드디어 스케이트장에 가 보았습니다. 오전 11시, 스케이트장은 한가했습니다. 스케이트를 빌려 신고 얼음 위에 서서 발을 떼면서 손잡이를 잡고 한 발 한 발, 천천히 발끝을 보고 걸었는데 처음에는 미끄러워서 서 있는 것도 힘들었습니다. 넘어지지 않으려고 열심히 발을 떼어놓았지만 링크를 세 바퀴 걷는 데 한 시간이나 걸렸고, 이틀 쉬고 다시 스케이트장에 가서는 아기처럼 겨우 비실비실 걸을 수 있었습니다. 그렇게 6시간 정도 걷는 연습을 하던 어느 날, 걸으려고 발을 내디뎠는데 발이 앞으로 미끄러졌습니다. 한발 한발 조금씩 앞으로.

— 무척 기뻤습니다. 그러고는 얼음을 지치는 재미에 푹 빠졌습니다. 스케이트 왈츠에 맞춰 얼음을 지치는 상쾌함이란 정말 눈물이 날 정도로 감동적이었습니다. 당신도 이 겨울에 스케이트를 타보세요.

프린트 무늬

— 동창 모임일까요. 중년여성 열두세 명이 테이블에 둘러앉아 디저트를 즐기고 있습니다. 무심코 바라보다 단색 옷을 입은 사람은 그중에 한두 명뿐, 나머지는 모두 무늬가 프린트된 원피스나 투피스 차림이란 것을 알았습니다. 그것도 약속이라도 한 듯이 그레이에 갈색, 모스그린 같은 색에 작은 무늬가 들어간 것이 대부분이었습니다. 하나하나 보면 모두 좋은 무늬에 좋은 색깔이지만, 열 명 정도가 모이니 옷으로는 누구인지 구별하기 힘들고 그 옷의 장점도 알 수 없었습니다.

우리는 옷을 고를 때, 평소 버릇대로 화려한 무늬를 피해 작고 눈에 띄지 않는 무늬를 고릅니다. 오래전의 나도 그랬지만 요즘에는 4~5미터쯤 떨어진 곳에서 봐도 무늬가 뚜렷한 것을 선택합니다. 여러분도 과감하게 커다란 무늬 옷을 입어보면 어떨까요?

처음에는 나도 자신이 없어서 오렌지색 바탕에 커다란 흰색 달리아가 그려진 옷을 집 안에서만 입었습니다. 하지만 가족들이 "어울려, 이미지가 달라 보이는걸" 하고 칭찬해주어서 외출할 때도 입게 되었고, 그다음부터는 커다란 무늬의 옷이라도 망설이지 않고 사게 되었습니다.

옷은 반은 자신을 위해, 그리고 나머지 반은 보는 사람을 위해서 입는 것인 듯합니다.

나이가 든다는 것

── 파티에서 평론가 이시가키 아야코1903~1996 씨를 만났습니다. 1903년생이라고 들었는데, 이시가키 씨는 파티장의 누구보다도 젊어 보였습니다.

파티에서 만난 것이 인연이 되어, 얼마 전에 미타카에 있는 댁을 방문하게 되었습니다. 햇살이 잘 드는 아틀리에는 노랑, 빨강의 장미와 조팝나무, 엉겅퀴 등이 곳곳에 꽂힌 온실 같은 방이었습니다. 흰 바탕에 파란 장미가 그려진 넉넉한 옷에 녹색 스톨을 어깨에 걸치고 있는 이시가키 씨는 그 방의 꽃들보다 아름다워 보였습니다.

내가 알고 있는 이시가키 씨의 나이와 눈앞에 있는 그녀의 모습이 연결되지 않아 실례를 무릅쓰고 물어보았습니다.

"어떻게 하면 그렇게 젊고 아름다움을 유지하실 수 있나요?"

"글쎄요, 내가 화장을 시작한 것은 마흔이 되고 나서예요. 젊었을 때는 전혀 하지 않았지요. 하지만 어느 정도 나이가 들면 젊음이 사라지기 시작하지요. 그래서 그 젊음을 보완하기 위해 화장을 시작했어요. 마흔에 시작한 화장은 50대, 60대 나이를 먹으면서 조금씩 달라지는데 가장 화장이 필요한 것은 60대 이후라는 생각도 드는군요.

옷을 보더라도 50대보다 60대에 수수한 것을 입잖아요. 나는 반대로 나이를 먹을수록 더 밝고 예쁜 색의 옷을 입어요. 밝고 예쁜 옷을 입으면 나도 기분이 좋고, 주변 사람들도 좋게 봐주지요. 내가 사람들을 사랑하는 방법이기도 하고요.

지금은 이렇게 매니큐어를 발랐지만 이것도 마찬가지예요. 젊었을 때는 매니큐어를 바르지 않아도 분홍색 손톱에 윤기가 흘렀지만, 이제는 그런 윤기가 없기 때문에 바르는 거예요. 눈도 나이를 먹으면 자연히 처지고 작아져요. 그래서 아이섀도를 발라 또렷해 보이게 하고, 눈가의 주름이 거슬리면 색깔이 약간 들어간 안경을 쓰기도 하지요. 귀고리나 반지도 젊었을 때는 작고 그다지 눈에 띄지 않는 것을 했지만, 40대부터 조금씩 큰 것을 하게 되었어요.

하지만 뭐니 뭐니 해도 몸을 제대로 관리하는 것이 중요하겠지요. 자세나 걸음걸이도 나이를 먹기 때문에 특히 신경을 쓴답니다. 일 때문에 책상 앞에 앉아 허리를 구부릴 때가 많은데 등이 굽지 않도록 아침에 일어나면 체조를 하고 있어요. 이건 젊었을 때부터 하던 습관이지만요.

요즘은 체조와 산책을 즐기고 있어요. 매일 1시간 정도 근처를 도는데 겨울에는 오후 4시쯤, 여름이면 5시 반에서 6시경, 해 질 녘의 온화한 시간에 걷는 것을 좋아해요.

아침에는 얼굴에 생기가 돌아 보이게 하려고 화장을 하지만, 저녁에는 피부를 푹 쉬게 하지요. 아침에는 미지근한 물로 세수를 하고 바로 화장수를 바르는데 나는 알레르기가 있어서 향기가 없거나 약한 것을 골라 쓴답니다. 크림을 바르고 나서 그날 날씨나 기분, 그리고 옷에 맞춰 마치 팔레트에 물감을 섞듯이 분을 두세 종류 섞어 바르고 붓으로 털어내요. 그러면 얼굴색에 맞는 화장이 되지요.

저녁에는 얼굴을 깨끗이 씻고 크림을 넉넉히 바르고 마사지를 해요. 마사지를 한 다음에 비타민C 가루와 유액, 그리고 올리브유를 잘 섞어서 바른 후 잠시 기다렸다가 영양크림을 발라요. 이것은 내가 고안해낸 방법인데, 정말 피부가 촉촉하고 부드러워져요. 아무리 피곤한 저녁이라도 스스로를 부추겨 반드시 손질을 하고 잔답니다.

무슨 일이든 마찬가지일 거예요. 좋은 드레스라도 벗어서 한쪽에 구겨 놓으면 그걸로 끝이에요. 하물며 사람 몸은 어떻겠어요. 본인에게 가장 소중한 거잖아요.

나 스스로를 다독인다고 해야겠지요…… 그러니까 어떤 일에서든 즐거움을 찾으려고 해요. 사람은 언젠가는 혼자가 됩니다. 스스로 자신을 위로한다고 할까, 다독이면서 즐겁게 지낼 필요가 있어요. 마음이 메마르지 않도록 혼자 즐길 수 있는 방법을 찾는 거예요. 요즘은 그림 그리는 재미에 빠졌는데 혼자서도 잘 그릴 수 있도록 열심히 연습하고 있어요. 여행을 갔을 때 스케치를 할 수 있는 즐거움도 생겼고요.

저녁에는 가끔 좋아하는 음악을 들으며 혼자 브랜디를 홀짝일 때도 있는데 그러다 보면 마음이 가라앉아 저절로 눈물이 나기도 해요. 누구나 나이가 들면 혼자 살 때가 오지만 정말로 혼자가 되어보지 않으면 그게 어떤 것인지 알 수 없어요. 나이 들어 혼자가 되었을 때는 마음의 각오를 하고 즐겁게 보내야죠. 내가 멋을 낸다고 하면, 아마도 그런 마음에서 나온 것이 아닐까 싶군요."

—— 역으로 향하면서 '나이를 먹는 즐거움' 을 이시가키 씨가 몸소 보여주셨다는 생각이 들었습니다. 나이를 먹는 것이 멋진 일인지도 모른다는 생각이 듭니다.

생활의 지혜

도자기를 싸다

── 손님 접대를 위해 사용한 식기를 정리하고 있었습니다. 곁에서 도와주시던 분이 내가 도기를 너무 거칠게 다룬다고 놀란 얼굴을 하시더군요.

"신문지로만 싸도 괜찮겠어요? 여러 겹 더 싸지 않아도……."

실은 나도 훨씬 전에는 걱정이 돼서 깨지기 쉬운 그릇은 얇은 종이로 싼 다음 다시 부드러운 천이나 종이로 몇 겹이나 싸서 상자에 넣어 보관했습니다. 그것이 대단히 잘못된 방법이란 걸 가르쳐주신 것은 도미모토 겐키치1886~1963, 일본 인간국보 1호의 도예가 선생님이었습니다.

"도자기를 쌀 때는 신문지가 제일이에요. 그것도 가능하면 딱딱하게 구셔서. 이해가 안 되나요? 그건 모가 난 것들이 서로 충격을 완화하기 때문이에요. 도자기를 상자에 넣어 보낼 때도 이렇게 신문지로 싼 다음, 다시 신문지를 두 장씩 구겨 뭉쳐서 사이사이를 채우면 돼요. 이 방법으로 나는 한 번도 실수를 한 적이 없어요."

자신 있게 말씀하시더군요. 그 이야기를 듣고 나서는 마음이 홀가분해져서 신문지를 구겨 적당히 싸게 되었습니다.

잊기 쉬워서

— 나중에 사용해도 되는 물건을 받았을 때, 예를 들면 브로치나 목걸이, 만년필, 핸드백 같은 것을 받았을 때는 주신 분의 이름과 날짜를 상자 뚜껑이나 안쪽에 적어둡니다. 그리고 생일이나 기념일, 혹은 어떤 축하할 일이 있는지도 함께 적어둡니다.

요즘처럼 정신없이 지내다 보면 2~3년 후에는 누구에게 받았는지 기억이 가물가물할 때가 많습니다. 하지만 이렇게 해두면, 문득 뚜껑을 열었을 때 주신 분과 날짜 등이 눈에 들어와 다시금 즐거운 기억을 떠올리게 됩니다.

뒤를 돌아보는 습관

── 택시 요금을 지불하려고 가방에서 꺼낸 지갑을 그만 택시에 두고 내렸습니다. 아마도 지갑이 무릎에서 택시 바닥으로 떨어졌나 봅니다. 장갑 같은 작은 물건도 택시 안에 놓고 내릴 때가 많습니다. 그러고는 후회를 하지요.

주의력이 부족한 나는 이렇게 물건을 잃어버린 적이 한두 번이 아닙니다. 한 쪽만 남은 장갑을 바라보며 이래서는 안 되겠다는 생각에, 결국 택시에서 내릴 때마다 다시 한 번 뒤를 돌아보기 시작했지요. 기차에서 내릴 때도 반드시 뒤를 돌아봅니다. 안경이나 작은 스카프 같은 것을 좌석 포켓에 넣어놓고 내리기 십상이기 때문이지요. 공중전화 박스에서 나올 때도 마찬가지. 수첩이나 지갑을 전화 뒤에 두고 나오는 일도 더러 있습니다.

집에서 나올 때는 창문을 제대로 잠갔는지, 부엌의 가스밸브와 스토브도 확인하고, 현관문을 잠근 다음에는 다시 한 번 손잡이를 당겨봅니다. 커튼을 칠 때는 너무 많이 잡아당기면 반대쪽이 드러나기 때문에 맞은편도 살펴보고, 세면장에서 머리를 빗은 다음에는 머리카락이 떨어지지 않았는지 살펴봅니다.

외출할 때는 거울로 뒷모습을 확인합니다. 벨트 뒤쪽은 괜찮은지, 머플러 끝이 옷 밖으로 나오지는 않았는지, 혹시나 슬립이 보이지 않는지, 채워지지 않은 단추가 있는지 다시 확인하기 위해서입니다.

출장 등으로 호텔에 묵을 때는 방을 나서면서 다시 한 번 옷장이나 책상 서랍에 놓고 나오는 물건이 없는지 확인합니다. 우체통에 편지나 엽서를 넣을 때도 다시 보고요. 넣었다고 생각했지만 우체통 밖에 떨어지는 경우도 있으니까요. 예금하거나 돈을 찾을 때는 그 자리에서 통장의 잔고를 확인합니다. 잘못된 것을 발견하면 나중에 일이 훨씬 번거로워지니까요.

무슨 일이든 되돌아보는 습관을 들이고 나서는 물건을 잃어버리는 일이 거의 없어졌습니다.

무명옷

— 여름 옷감 바겐세일이 시작됐습니다. 이맘때면 무늬가 예쁘고 가능하면 밝은 색 무명 천을 사 둡니다. 그리고 9월 즈음에 원피스를 만듭니다. 모양은 늘 거의 같은 넉넉한 셔츠드레스의 긴소매입니다.

긴소매 무명 셔츠드레스는 입는 기간이 깁니다. 가을부터 겨울까지, 그리고 겨울 끝에서 여름이 올 때까지, 그러니까 한여름과 한겨울을 제외하면 거의 입을 수 있습니다.

신기하게도 무명은 겨울에는 따뜻하고 여름에는 시원합니다. 추워지면 안에 옷을 조금 두껍게 입으면 되고요. 가볍고 아껴가며 입지 않아도 되고, 또 꽃무늬 같은 옷이라면 어두워지기 십상인 겨울에 분위기를 밝게 해주어 입는 사람도 기분이 좋습니다. 부피가 작아서 여행을 갈 때도 한 장 넣어 가면 편리합니다.

스카프 효과

— 가끔 생각지도 못했는데 음식점 같은 곳에서 다다미방으로 안내를 받을 때가 있습니다. 평소 바닥에 앉을 기회가 적기 때문인지 금방 다리가 저려옵니다. 게다가 스커트가 딸려 올라가면서 무릎이 드러나 신경이 쓰이기도 합니다. 그래서 무릎을 꿇고 앉는 다다미방이 좀처럼 익숙해지지 않습니다.

얼마 전 다다미방에 오래 앉아 있어야 할 일이 생겨서 어떻게 하면 좋을까 궁리하다가 보자기 크기의 조금 도톰한 실크스카프를 가지고 갔습니다. 방에 앉아 스카프로 무릎덮개를 하고 끝자락을 발밑에 약간 밀어 넣었더니 크기가 넉넉해 무릎이 감춰졌고 다리도 자연스럽게 움직일 수 있었습니다. 그래서 약 2시간을 스카프 덕분에 다리를 양옆으로 움직여가며 무사히 보낼 수 있었습니다.

제사나 장례식 등 장시간 다다미방에 앉아 있어야 할 때는 핸드백 속에 옷 색깔과 비슷한 스카프를 넣어 가면 마음이 한결 가볍습니다. 또 같은 길이더라도 주름이 있는 스커트라면 무릎을 가릴 수 있고 편합니다.

요즘은 기차를 탈 때도 조금 도톰한 스카프를 준비하는데 덕분에 여행이 더욱 편안해졌습니다.

목 폴라 티셔츠

— 추운 계절이 되면 아무래도 목까지 올라오는 옷을 입을 때가 많습니다. 원피스, 스웨터, 특히 터틀넥 스웨터는 머리에 뒤집어씌워 입어야 하는데 화장을 하고 머리를 만진 다음에 이런 옷을 입을 때는 머리가 망가지거나 화장품이 묻을 수도 있어서 여간 신경이 쓰이는 게 아닙니다. 때로는 아끼던 옷에 립스틱이 묻어 어찌할 바를 모르기도 하지요.

이럴 때는 조젯 크레프georgette crepe 같은 앞이 비치는 스카프를 한 장 준비해서 머리와 얼굴을 덮고 스웨터를 입으면 됩니다.

옷을 입고 벗을 때 머리가 망가지거나 화장품이 묻을 염려가 없고, 스카프의 감촉 때문에 입고 벗기가 훨씬 편합니다.

판에 박은 듯한 인사

―― 얼마 전 오랜만에 모임에 나갔는데 어떤 사람이 나를 보더니 "살이 찌셨네요"라고 하더군요. 요즘 살이 찐 것 같아 잠자리에 들기 전에 체조를 하거나 홍차에 넣는 설탕을 줄이고 있던 터라 그 말에 머쓱해지고 말았습니다. 그런데 조금 있다 다른 사람이 "조금 마르신 거 같아요" 하는 것이었습니다.

집에 돌아와 곰곰이 생각해보았습니다. 어느 쪽 말이 맞는지 몸무게를 달아보아도 바늘은 거의 변함이 없었습니다. 결국 살이 쪘다거나 말랐다고 하는 것은 인사에 지나지 않았던 것입니다.

하지만 요즘처럼 마른 체형을 선호하는 분위기에서 살이 쪘다는 말은 남자들조차 마음에 걸릴 것 같습니다. 또 반대로 말랐다는 이야기를 들으면 안심은 되지만, 너무 정색을 하고 이야기하면 얼굴색이나 몸이 안 좋은 건 아닌가 하면서 쓸데없는 걱정까지 하게 됩니다.

이런 생각을 하고부터는 인사할 때 살이 쪘다거나 말랐다거나 하는 말은 하지 않는답니다.

기분 전환

감기 기운이 있는 날엔

— 피로가 쌓였을 때나 감기 기운이 있을 때 이런 요리는 어떨까요? 손이 많이 갈 것 같으면서도 간단하게 만들 수 있는 요리를 하나 소개합니다.

쇠고기 사태 400그램을 두 덩어리로 나눠서 크고 두꺼운 냄비에 양파, 당근, 양배추 등 집에 있는 야채와 물을 넣고 함께 끓입니다. 평소에는 시간이 걸리는 이런 요리는 좀처럼 하기 어렵지만, 밖에 나갈 일이 없거나 별로 움직이고 싶지 않은 날에는 일석이조의 요리입니다.

국물이 우러나 맛있는 냄새가 풍기기 시작하면 집 안에도 즐거운 기운이 감돕니다. 식탁에 앉아 멍하니 생각에 잠기거나 가볍게 읽을 수 있는 여행서나 잡지 등을 뒤적거리는 것도 좋겠지요.

중간에 소금과 고형 수프를 넣은 다음 거품이 생기면 가끔씩 걷어내고, 물이 부족하다 싶으면 더 붓습니다. 일이라면 고작 이 정도일까요. 감자처럼 부서지기 쉬운 야채는 다른 재료가 다 익은 다음에 넣는 것 정도만 주의하면 됩니다.

먹을 때는 고기를 얇게 썰고 국물은 넉넉히, 야채도 함께 담습니다. 몸이 따뜻해지고 영양도 만점이지요. 가족들에게 낼 때는 빵을 곁들여 "오늘은 분위기 있게 프랑스풍의 포토푀를 만들어봤는데 어때?" 하고 말씀하시면 됩니다.

포르투갈 크로켓

—— 커피가 없으면 아침도 저녁도 시작이 안 될 정도로 커피를 좋아하는 포르투갈 사람들. 그런 포르투갈에서는 거리에 있는 어떤 카페에서도 맛있고 진한 커피를 마실 수 있습니다. 커피를 마시면서 즐길 수 있는 과자는 또 얼마나 다양한지요. 진열장을 들여다보며 뭘 먹을까 망설이고 있는데, 뒤따라 들어온 젊은 아가씨 둘이 "크로켓 넷과 커피 둘" 하고 주문을 하더군요.

카페를 둘러봐도 케이크와 함께 크로켓처럼 보이는 것을 먹는 사람이 많아서 나도 크로켓 둘을 주문했습니다. 커피와 함께 엄지손가락 두 개만 한 귀여운 크로켓 두 개가 냅킨 위에 나란히 나왔습니다.

크로켓은 생선, 그것도 대구로 만든 것이었습니다. 대구와 감자, 당근, 양파를 함께 갈아 만들어서인지 담백하고 맛있어서 케이크처럼 커피와 즐기는 것이 조금도 이상하지 않았습니다.

포르투갈에서는 생선 하면 뭐니 뭐니 해도 대구라고 합니다. 대구 요리가 200여 종이나 있다고 하는데 이 크로켓은 기껏 맥주 안주 정도로, 정식 요리에도 들지 못한다는군요.

반으로 자른 크로켓을 입에 넣고 커피를 마셔보았습니다. 크로켓과 커피의 조화가 절묘했습니다. 한가롭고 조금은 휑해 보이는 항구도시 리스본에서 여행객은 새로운 맛을 만났습니다.

혼자 다녀오는 하루 여행

— 문득 니가타로 여행을 다녀오면 어떨까 하는 생각이 들었습니다. 행선지를 니가타로 정한 것은 특급열차를 타면 4시간 만에 갈 수 있기 때문입니다. 아침 8시에 우에노 역을 출발하면 12시에는 니가타에 도착, 반나절 구경을 하고 오후 6시에 다시 특급열차를 타면 저녁 10시에는 도쿄로 돌아올 수 있습니다. 미즈카미, 유자와, 이츠카마치, 오지야 등을 통과하는 죠에츠선上越線을 타고 설경과 바다를 볼 수 있고 신선한 겨울 해산물도 마음껏 맛볼 수 있습니다.

그리고 어느 겨울 아침, 나는 우에노 역에 서 있었습니다.

— 수확을 끝낸 텅 빈 밭과 마른 잎의 숲, 기와를 얹은 집과 국도를 달리는 자동차 행렬. 타카사키, 마에바시 부근까지는 어디서든 볼 수 있는 온화한 풍경이 펼쳐지다, 한순간에 풍경이 바뀝니다.

"긴 터널을 빠져나오면 설국이었다"는 가와바타 야스나리의 《설국》 첫 대목 그대로였습니다. 터널을 빠져나오자 펼쳐진 은세계는 무엇에도 비할 수 없을 만큼 아름다웠습니다. 터널이 몇 개나 이어지고, 터널을 들어갔다 나올 때마다 은세계는 더욱 빛의 깊이를 더해갔지요.

부드럽고 가는 결정의 솜사탕 속으로 마치 열차와 함께 빨려 들어가는 느낌이랄까요. 창가에 부딪치며 떨어지는 눈덩이가 얼마나 크고 갑작스러운지, 유리창이 있는 것도 잊고 몇 번이나 눈을 꼭 감아야 했습니다. 창밖에는 매서운 눈보라가 치고 있었지만 따뜻한 열차 안에서 스웨터 차림으로 그 풍경을 느긋하게 바라볼 수 있다는 것이 정말 행복했습니다.

—— 이곳 사람들은 이런 눈 속에서 어떻게 생활할까요. 집들은 이미 모습을 감추었고 이따금 굴뚝에서 피어오르는 연기로 그 아래 집이 있다는 것을 짐작할 정도였습니다.

눈보라 속에서도 이따금 지붕에 올라가 열심히 눈을 치우는 사람들이 있었는데, 개중에는 여자도 있었습니다. 지붕에 쌓인 눈이 사람 키보다 높아서 눈을 백마白魔라 부르는 이유를 알 것 같았습니다.

—— 그런데 막상 니가타에 도착해 보니 거리에는 전혀 눈이 쌓여 있지 않아 또 한 번 놀랐습니다. 이유를 물어보니 바다에서 불어오는 강한 바람 때문에 눈이 쌓이지 않는다고 하더군요.

이곳 바다에서 잡은 생선이 특히 맛있다고들 해서, 점심에는 막 잡아 올린 겨울 방어와 난반에비라고 부르는 붉은색의 작은 새우, 삶은 게와 낙지를 맛보았습니다. 그러고는 니가타 시내를 둘러보며 바닷가로 갔습니다. 푸른 겨울바다를 바라보다가 시장에 들러 생선가게 앞에서 구워 파는 가자미와 된장에 절인 야채를 조금 샀습니다.

오후 6시에 니가타 역에서 탄 특급열차가 다시 눈보라를 뚫고 단숨에 나카사키를 지나 밤 10시 5분에는 우에노에 도착했습니다.

── 하루 동안의 여행이었지만 다녀오길 정말 잘했다는 생각이 들었습니다. 그리고 앞으로도 가끔 이렇게 혼자 여행을 떠나야겠다는 생각도 하게 되었습니다. 조금 사치스럽지만 가능하면 특등석에 타 느긋한 마음으로 여행을 떠나기를 권합니다. 특등석은 당일에도 표를 구할 수 있기 때문입니다. 짐은 가능하면 줄인 홀가분한 차림이 좋고, 출발 전에 집안일을 미리 해둔다고 지칠 정도로 일을 해서도 안 됩니다.

여행을 마쳤을 때 마음이 다시 평화롭고 부드러워졌다면 그 여행은 성공한 것입니다.

내일은 잘될 거야

—— 아침부터 모든 게 엉망인 날이 있습니다.

알람을 맞춰둔 줄 알았는데 그게 아니었어요. 늦잠을 잔 것이 불행의 시작으로 냄비에 올려놓은 우유가 넘치고 빵을 태운 데다, 스타킹을 신다 올이 풀리고, 그리고 잘못 걸려온 전화.

여기서 끝이 아닙니다. 이런 일들에 정신이 팔려 중요한 약속을 깜빡해 전화로 꾸중을 듣고, 프라이팬을 태우고 목욕물을 넘치게 받고 텔레비전까지 기분이 나쁜지 지직거립니다. 어쩌면 이렇게 재수가 없을까 싶을 정도로 악재가 겹치는 날이 일 년에 한 번 정도 있습니다. 그런 날 당신은 어떻게 하시는지요.

포기하고 다른 날보다 일찍 잠자리에 드시는지요. 저는 그런 날은 평소보다 오래 몸을 담그고 목욕을 하며 기분을 가라앉힌 다음, 좋아하는 오데코롱을 뿌리고 느긋하게 지내려 노력합니다. 그리고 잠자리에 들기 전에 거울을 보고 스스로에게 말합니다. "내일은 정신 차리자." 다음 날은 분명 모든 것이 잘될 겁니다.

어른들을 위한 그림책

—— 요즈음 대형 서점에 가면 외국 잡지를 쉽게 볼 수 있습니다. 〈보그〉나 〈바자〉, 〈르 자르댕 데 모드〉 등의 패션잡지는 물론 〈하우스 앤드 가든〉, 〈하우스 뷰티플〉, 〈하우스〉 등의 미국이나 독일 등지에서 발간되는 주택이나 인테리어 관련 잡지도 많습니다.

영어도 못하는데 프랑스어나 독일어를 어떻게…… 하며 겁내지 말고 한두 권 사 보면 어떨까요. 아름다운 실내사진이 컬러로 잔뜩 실려 있습니다. 카펫이나 커튼의 색을 보는 것만으로도 즐겁고 보기 드문 여러 가구들, 그 중에는 일본 가구를 재미있게 활용한 사진도 발견할 수 있습니다.

물론 일본에서는 도저히 볼 수 없는 호화 저택이나 생활 용품, 정원 등의 사진을 보면 눈이 휘둥그레지기도 합니다. 편리한 부엌과 중세를 떠올리는 옛집의 부엌, 거기에 매달려 있는 냄비 등은 아무리 봐도 싫증이 나지 않습니다. 그런가 하면 우리도 쉽게 흉내 낼 수 있을 것 같은 컬러의 매치나 배색의 아름다움 등을 발견할 수도 있습니다. 테이블클로스, 냅킨, 커튼, 쿠션, 카펫 등의 배색을 보는 것도 즐겁지요.

딱히 할 일이 없을 때면 이런 잡지를 펼쳐봅니다. 같은 책을 몇 번이나 보더라도 그날의 기분이나 마음에 따라 새로워 보일 때가 많습니다. 아름다운 것은 몇 번을 봐도 질리지 않나 봅니다.

매니큐어와 페인트

── 페인트칠을 해보았습니다. 처음 해보는 일이었지만, 부엌 쪽에 새로 나무문을 달았는데 칠을 하지 않아 잡지에서 페인트칠하는 법을 읽고 과감히 시도해보았습니다.

책에 적힌 대로 해보니 믿기 힘들 정도로 효과가 좋아서, 이번에는 책장을 다른 색으로 칠해보았습니다. 책장은 조금 복잡한 색으로 칠하고 싶어서 백화점 페인트 매장에 가서 색을 섞어달라고 주문해서 일주일 정도 시간을 들여 완성했습니다. 칠하는 것이 재미있고 또 하면서 자신감도 생겼습니다.

그리고 페인트칠과 손톱에 매니큐어를 바르는 일이 같다는 사실을 깨달았습니다. 사전에 충분히 준비를 해둘 것, 매끄러워질 때까지 페이퍼를 문지를 것, 얇게 몇 번이고 되풀이해서 바를 것, 반드시 마른 후에 바를 것, 부분적으로 중간부터 칠하지 말고 단숨에 바를 것, 주위로 삐져나오지 않게 조심해서 바를 것, 서두르지 말 것 등 모두가 매니큐어 바를 때와 같았습니다.

커다란 매니큐어를 바른다는 생각으로 당신도 한번 해보실래요?

마음이 갑갑하면 바다로 가세요

— 왠지 가슴이 갑갑하거나 몸과 마음이 지쳤을 때, 누군가에게 불만을 토로하고 싶을 때면 나는 1시간 정도 전철을 타고 바다를 보러 갑니다.

철썩철썩 쉼 없이 밀려왔다 쏴아 하고 밀려가는 하얀 파도.
아득한 하늘과의 경계와 끝없이 펼쳐진 파랗고 깊은 바다.
맑은 날 저녁이면 꼭두서니빛 하늘에 분홍과 보랏빛 바다.
흐린 날이면 하늘과 바다, 파도까지 모두가 회색빛.

눈이라도 내릴 듯한 날, 검푸른 바다에 파도만이 하얀 이를 드러냅니다. 바다는 한 번도 같은 얼굴을 한 적이 없습니다.

바닷바람을 가슴 가득 들이마시고 파도 소리를 들으며 바라보고 있으면, 그동안 쌓였던 피로가 거짓말처럼 사라지고 마음속까지 씻겨나가는 것 같습니다. 그리고 어린아이처럼 파도와 술래잡기를 하거나 사박사박 모래 위를 걷기도 하고 조약돌을 주워 힘껏 바다 멀리 던지기도 하며, 마치 어머니에게 응석이라도 부리는 기분이 됩니다.

바다를 뜻하는 라 메르la mer와 어머니를 뜻하는 라 메르la mère가 철자는 다르지만 발음이 똑같은 걸 보면 프랑스인들도 분명 그런 마음이 아니었나 싶습니다. 유년 시절을 바닷가에서 보낸 내 향수인지도 모르겠습니다.

상쾌한 공기와 넓은 모래사장에서 몸을 움직이며 부드러운 위로를 받을 수 있는 바다. 당신도 지쳤을 때 바다로 가보세요.

흰 꽃

── 풀을 잘 먹인 새하얀 테이블클로스를 덮은 식탁 위에 하얀 라일락꽃이 부드럽고 멋지게 꽂혀 있었습니다. 꽃을 꽂은 반짝반짝 빛나게 닦은 손잡이가 긴 와인글라스도 꽃과 무척 잘 어울렸습니다.

하얀 꽃과 세심하고 작은 꽃나무 가지의 그림자가 유리잔의 부드러운 그림자와 어우러져 테이블클로스 위에 부드럽게 드리워져 있었습니다. 와, 하고 탄성을 지를 정도로 아름답고 주변도 멋진 분위기로 물들였지요.

흰 꽃이 이렇게 화려하고 상큼한 것이었나 하고 새삼 놀랐습니다. 나도 흰 꽃을 꽂아보고 싶어 흰 장미에 조팝나무, 스토크, 마거리트, 무꽃 등을 떠올리며 초여름부터 여름에 피는 흰 꽃이 많다는 사실도 알았습니다.

부엌에서 차를 준비하는 소리를 들으며 자연 속에 피어 있는 꽃을 꺾어도, 그 꽃의 생명을 이렇게 새로 피어나게 한다면 꽃을 꺾는 우리들의 분별없는 행위도 어쩌면 용서받을 수 있을지 모른다는 생각이 들었습니다.

마음이 싱숭생숭한 날에는

— 왠지 싱숭생숭한 마음에 아무것도 손에 잡히지 않고 일어났다 앉았다 하거나 차를 마시거나 멍하니 앉아 있거나 하면서 하루를 보내는 날이 있습니다. 이런 때는 아무런 예고도 없이 갑자기 찾아오기에 막을 수도 없습니다.

뜨개질을 하는 것도 귀찮고 책을 펴도 눈에 들어오지 않습니다. 음악을 들으려고 해도 듣고 싶은 곡이 좀처럼 눈에 띄지 않는데 정말 최악이지요. 나이 탓일까, 그대로 내버려두는 게 좋을까, 아니면 스스로 채찍질을 해가며 억지로라도 침착해지려 애써야 할까, 여러 생각이 머릿속을 맴돕니다.

이건 결국 지쳐 있다는 뜻이 아닐까요.

지난번에는 가벼운 복장으로 미장원에 가서 샴푸를 하고 머리를 세팅했더니 어느새 마음이 안정되어 아무렇지도 않더군요. 또 어떤 때는 2시간 정도 낮잠을 잤는데 잠에서 깨니 갑자기 뭔가 하고 싶은 마음이 들면서 마음도 가벼워졌습니다. 또 어떤 때는 산책을 나가서 일부러 나무가 많은 쪽으로 걷기도 하고 커다란 나무 아래 서서 하늘도 올려다보았습니다.

나무 아래에서 하늘을 올려다보니 파란 잎들 사이로 쏟아지는 찬란한 햇빛에 비친 나뭇잎이 무척 아름다웠습니다. 나뭇잎을 바라보는 것만으로도 어느새 기분이 나아졌습니다. 당신은 이럴 때, 어떻게 하시는지요.

값싸고 튼튼한 깅엄 천 조각

—— 천 가게를 들여다보았습니다. 안쪽에는 훌륭한 레이스와 고가의 수입 천들이 즐비했지만, 가게 입구에는 격자무늬나 줄무늬의 평직으로 된 무명 천 깅엄gingham이 놓여 있더군요. 빨강과 흰색, 노랑과 흰색, 오렌지와 흰색, 그린과 흰색, 블루와 흰색과 빨강. 다양한 체크와 줄무늬의 깅엄은 많은 천 중에서 특히 좋아하는 천입니다.

1미터를 샀을 때는 가장자리를 마무리해서 그대로 테이블에 덮는데 파란 테이블클로스 위에 흰색과 블루로 된 깅엄 천을 한 장 더 덮어 지저분해지는 것을 막기도 합니다. 빨간 테이블클로스에는 흰 바탕에 빨간색의 두꺼운 줄무늬나 연두색의 가는 줄무늬 천을 덮습니다. 초록색 테이블클로스에는 초록과 흰색 체크를 씁니다. 깅엄은 더러워지면 물에 담가 빨 수도 있고 천이 튼튼해 전혀 걱정이 없습니다.

1미터 정도의 천을 네 조각 내서 냅킨을 만들기도 하는데 도시락을 쌀 때도 좋고 친구에게 뭔가를 싸 줄 때도 좋습니다.

얼마 전에 핑크와 흰색 깅엄을 1미터씩 샀습니다. 깅엄이 모이면 가끔 전부 꺼내놓고 어디에 사용할까 궁리하면 부자가 된 듯한 기분이 됩니다.

호두깎이

— 유럽인들은 겨울이 되면 곧잘 호두를 먹습니다. 어느 집이든 언제든지 호두를 먹을 수 있도록 식탁 위에 올려놓지요.

식사를 하면서 나누던 이야기가 끝나지 않아 식후에 식탁을 떠나기가 싫을 때 호두를 까면서 단란한 시간을 보내는 모습을 자주 볼 수 있습니다. 그래서인지 호두깎이의 종류도 많아, 한때 나는 이 호두깎이를 모으는 데 열중하기도 했습니다.

호두가 가을에서 겨울로 접어들 무렵의 중요한 영양소이며, 에너지원이라는 것도 그때 알았습니다. 호두는 홍차와 커피는 물론 술과도 잘 어울리는데, 나도 겨울이 되면 호두를 늘 식탁 위에 올려놓고 입이 궁금할 때마다 껍데기를 까서 입에 넣고 주변 사람들에게도 권합니다.

머리 마사지

— 어떤 계기로 추리소설을 읽게 되었을까요.

누군가에게 영국 신사들이 가장 좋아하는 시간 때우기 방법이라는 이야기를 듣고, 도대체 어떤 읽을거리이기에 하는 호기심으로 들여다보게 되었는지도 모르겠습니다. 이야기를 꺼낸 친구가 《환상의 여인》이라는 책을 빌려주었습니다. 작자는 윌리엄 아이리시1903~1968. 어떤 이야기냐고 묻자, 추리소설은 줄거리를 이야기해주면 안 된다며 가르쳐주지 않았습니다. 아직 읽지 않은 사람의 흥미를 잃게 만들기 때문이지요.

조금 읽어볼까 하는 생각으로 책을 펼쳤는데, 재미에 푹 빠져 손을 뗄 수가 없었습니다. 예전에 《바람과 함께 사라지다》를 읽었을 때를 떠올려보았는데 그때와는 종류가 다르지만 흥분되기는 마찬가지였습니다. 그 후로 추리소설에 푹 빠져서 요즘은 여행을 떠날 때 일정에 맞춰 몇 권씩 가방에 넣고 가지 않으면 안 될 정도가 되었습니다.

내가 주로 읽은 것은 하야카와 미스터리입니다. 얼마 전 친구와 함께 잠깐 간사이에 갈 일이 있었는데, 추리소설 팬인 그 친구와 나는 기차가 움직이자 마치 약속이라도 한 듯이 하야카와 미스터리를 꺼냈지요. 얼굴을 마주 보고 한참을 웃었습니다.

같은 추리소설이라도 그 친구는 본격적인 미스터리, 특히 밀실 살인사건을 다룬 작품을 좋아합니다. 문과 창이 모두 안쪽에서 잠겨 있어 출구라고는 없는 방에서 살인사건이 일어나고 범인이 누구인지 종잡을 수 없는 상황에서 이야기가 전개되지요. 벌써 가슴이 두근거린다고 하더군요. 크리스티의 《오리엔트 특급 살인사건》이나 《카나리아 살인사건》 같은 것은 정말 잊지 못할 만큼 재미있었습니다.

그렇지만 내가 좋아하는 것은 뒤끝이 확실한 레이몬드 첸들러의 《기나긴 이별》이나 《호수의 여인》, 그리고 조르주 심농의 《타인의 목》이나 《황색 개》 같은 작품을 좋아합니다.

심심할 때는 텔레비전 드라마를 보기도 합니다만, 도저히 추리소설의 재미를 따라올 수 없습니다. 게다가 TV는 보고 나면 왠지 허전하지만, 좋은 추리소설은 읽고 나면 머리 마사지를 한 것처럼 기분이 상쾌해집니다.

꽃을 사다

— "일본 손님들은 장미를 살 때 한결같이 피기 전의 봉오리를 사지만 외국 손님들은, 예를 들어 오늘은 장미를 좋아하는 친구가 오기 때문에 활짝 핀 것을 달라든지, 3일 정도 뒤에 필 꽃이 좋다든 등 아주 자세하게 주문을 하세요. 장미를 사는 방법 하나도 이렇게 일본인과 외국인은 달라요."

꽃가게 주인의 이야기입니다. 그러고 보니 나도 지금까지 별 생각 없이 꽃을 샀던 것 같습니다. 또 생화는 금방 시든다며 조화나 드라이플라워로 장식하는 사람도 있습니다.

생화를 꽂는 즐거움은…… 혼자 사는 친구는 테이블 위에 꽃이 있으면 혼자가 아닌 듯하다고 했습니다.

친구가 모두 나보다 훌륭하게 보이는 날은
꽃 사 들고 돌아와
아내와 벗한다.

조화를 보고 이시카와 타쿠보쿠1886~1912, 시인, 평론가의 시를 떠올리기는 무척 어렵습니다. 꽃은 시들기 때문에 아름다운 거겠지요.

꽃이 오래가게 하려면 무엇보다 매일 물을 자주 갈아주고 잘 드는 가위나 칼로 끝을 2~5밀리미터 정도 물속에서 잘라줍니다. 이때 꽃병도 함께 씻어주면 좋겠지요. 더운 날에는 꽃병에 얼음을 넣으면 금방 생기를 띱니다. 꽃도 역시 덥겠지요.

꽃은 언제 사면 좋을까요. 꽃은 오후에 사는 것이 좋습니다. 대부분의 꽃집이 오전 중에 시장에서 사 오기 때문이지요. 그날 구입한 신선한 꽃을 사는 것이 오래 즐길 수 있는 요령입니다.

다음 날이 정기휴일인 날이거나 토요일도 꽃을 사기 좋은 날입니다. 꽃이 싸게 나와 있을 테니까요. 가족들이 함께 있는 토요일에서 일요일, 집 안에 꽃을 꽂아두면 무척 즐겁겠지요.

향수 입문

— 우연한 기회에 향수전문가 두 사람과 자리를 함께했습니다. 사토 노부오 씨는 생토노레라는 곳에 계시는 분으로 랑방 등의 외국 향수를 주로 취급하고 있고, 또 한 사람은 무척 아름다운 프랑스 여성인 니콜 데베이에 씨인데 크리스찬 디올 향수의 일본 책임자입니다.

두 사람은 라이벌 관계지만 향수를 좋아하다 보니 향수 이야기가 나오면 좀처럼 끝이 안 난다며 함께 웃었습니다.

주위에서 "향수는 어떻게 바르는 것이 옳은가" 하는 질문을 자주 받는데, 이렇다 할 방법을 몰라 고심하던 나는 마침 두 전문가에게 물어보기로 했습니다.

사람들은 향수를 올바르게 사용하는 방법이 있는 것처럼 말하지만, 프랑스의 전문가인 사토 씨에게 물어봐도 '향수에 따라 방법이 달라요' 하고 말했습니다. 팔에 살짝 뿌린다는 사람도 있고, 귀 뒤에 바른다는 사람, 목 주위나 관자놀이가 좋다든지, 속옷에 뿌리는 것이 좋다는 사람도 있습니다. 똑같은 대답이 없다는 것은 결국 그날그날 자기가 뿌리고 싶은 곳에 뿌리면 된다는 뜻이지요.

그 이야기를 들으니 어쩐지 향수를 사용할 때 마음이 편해졌습니다.

니콜 씨는 스프레이로 된 것이 편리하다고 추천했는데 그는 옷을 입기 전에 옷 안쪽에 스프레이 향수를 뿌려둔다고 합니다. 니콜 씨가 "이것은 내 비밀" 하며 일본어로 귀엽게 말하더니 미소를 지어 보였습니다.

두 사람의 향수 이야기는 계속되었습니다.

요즘 프랑스에서는 향수보다 약간 흐린 오드 투왈렛이 대단히 유행이라고 하는데, 이는 가장 엷은 오데코롱과 가장 진한 향수의 중간으로 가격도 코롱과 향수의 중간이지요. 투왈렛이 인기가 있는 이유는 물론 가격이 저렴하기도 하지만, 예전의 향수는 아침에 뿌리면 저녁까지 향이 지속되거나 이튿날 아침까지 남아서 저녁에 다른 향수를 뿌리고 싶어도 못 뿌렸는데 투왈렛은 저녁 무렵이면 향기가 사라집니다.

예전에는 누구나 뿌리는 향수를 정해두었던 것 같습니다. 나는 카론의 흑수선, 샤넬 넘버5, 겔랑의 야간비행 식으로 정해놓고 그것만 사용했지만, 요즘은 다양한 향수를 그때그때 즐기는 것이 유행이라고 합니다.

사무실에서 일할 때와 저녁 초대를 받았을 때는 분위기가 다르기 때문에 당연히 사용하는 향수를 달리해야 합니다. 여러 의미로 향수를 처음 사용하시는 분들께 이 투왈렛을 권한다고, 두 사람이 입을 모았습니다.

외출복

— 아침 식탁 정리가 끝나고 한가할 때면, 나는 가끔 외출복들을 꺼내 입어봅니다. 모처럼 마련했는데 좀처럼 입을 기회가 없는 외출복을 제대로 입어보는 것이지요. 모처럼 마련한 옷이라고 아끼다 보면, 무심코 시간만 흘려보낼 때가 많습니다.

집에 아무도 없는 낮 시간, 외출복을 입고 혼자 차를 마시거나 여유로운 시간을 보내면 기분이 무척 새로워집니다.

처음 입고 외출했을 때의 어색함과 문제점 등도 미리 알아볼 수 있고, 내게 어울리게 입을 수 있는 방법도 알 수 있습니다.

오데코롱과 향수

— 향수를 살 때는 같은 향의 오데코롱을 함께 삽니다. 카론의 나르시스 누아르를 살 때면 같은 오데코롱을, 디올의 디오리시모를 살 때도 같은 오데코롱을 사지요. 오데코롱은 향기가 진하지 않기 때문에 적당량을 작은 병에 담고 거기에 스포이트로 향수를 떨어뜨려 내게 맞는 향기를 만듭니다. 특히 낮에 뿌리는 향수는 이렇게 직접 만든 향을 사용할 때가 많습니다.

비 오는 날의 즐거움

— 비 오는 날에 일이 더 잘된다는 사람이 있습니다. 우산을 받쳐 들고 끊임없이 내리는 빗속에서 물웅덩이를 피해가며 목적지에 이르는 그 도전감이 상쾌하다고 했습니다.

비가 오면 밖에 나가고 싶어 하는 사람과 집 안에 있고 싶어 하는 사람…… 물론 여러 사람들이 있겠지만 비 오는 날의 자연은 무척 아름답습니다. 먼지를 쓰고 있던 포석이 빗물에 씻겨 까맣게 반짝이고 가을 낙엽도 그 빛을 더하지요.

고여 있는 빗물에 비친 건물들의 모습이 재미있고, 빗물에 씻긴 건물들도 뿌애서 분위기가 있습니다. 선명한 빛을 되찾은 가로수들도 마치 한숨 돌리고 있는 것처럼 보입니다. 빗속의 거리는 마치 한 폭의 그림 같습니다. 그리고 갖가지 색의 우산 행렬, 예전에는 여자들도 검은 우산을 많이 썼는데 요즘은 어떤지요. 아름다운 우산은 비 오는 날에 피는 꽃입니다.

— 또 밤이 되면 거리의 네온이 아스팔트 위에 번져 형형색색의 곡선을 그리며 흘러갑니다.

비 오는 날, 큰맘 먹고 거리로 한번 나가보세요. 찻집에서 마시는 뜨거운 커피가 평소보다 훨씬 맛있게 느껴지는 것도 신기합니다.

말 한마디

— 꼭 살 생각은 없지만 쇼윈도를 둘러보며 윈도쇼핑을 할 때가 있습니다. 백화점 같은 곳이면 아무 말 않고 구경하다 나와도 그다지 미안하지 않지만, 개인이 하는 작은 점포에서는 살 생각도 없으면서 들어갔다가 나오려면 왠지 마음이 불편합니다.

그럴 때는 가게 안으로 들어서면서 "잠깐 구경 좀 할게요" 또는 "구경 좀 해도 괜찮죠?" 하고 한마디 해보면 어떨까요.

아무 말도 안 하면 마음이 불편해 천천히 구경하기도 힘듭니다. 이렇게 한마디를 건네면 대부분은 "그럼요, 천천히 구경하세요" 하는 대답이 돌아와 편한 마음으로 둘러볼 수 있습니다.

가게에서 나올 때는 "고맙습니다" 하고 다시 한마디를 건넵니다.

이렇게 한마디를 주고받고부터는 윈도쇼핑이 훨씬 즐거워졌습니다.

영화 저편에

— 오랜만에 영화를 보았습니다.

커다란 스크린에 비친 아름다운 장면들이 영화 관람의 즐거움을 더해주었습니다. 영화의 무대는 런던의 교외. 유유히 흐르는 강물과 푸른 초원에 그림자 같은 관목들, 기복이 많은 잉글랜드의 아름다운 풍경이 펼쳐졌고 초록색 바람이 나를 향해 불어오는 것만 같습니다.

카메라가 이번에는 런던의 다갈색 벽돌집들이 늘어선 고풍스러운 거리를 지나갑니다. 그리고 미니스커트가 멋지게 어울리는 옥스퍼드 대학 여학생이 그 길을 총총히 걸어갑니다.

풍경만이 아닙니다. 카메라가 성큼성큼 저택으로 들어서면, 무거워 보이는 나무문이 열립니다. 붉은 카펫 위에 놓인 호화로운 가구들. 부엌에서는 낡은 구릿빛 주전자와 커피포트, 오븐 등이 눈에 들어옵니다. 벽에는 크고 작은 냄비들이 걸려 있고요. 주인공들은 그것들을 배경으로 돌아다니며 이야기하지만, 나는 도대체 몇 사람이 저 주전자를 사용했을까, 몇 대째 이어온 것일까 하고 생각했지요……. 그 낡은 물건들 사이에 모던한 컬러의 냅킨이 화사함을 더해주었습니다.

패션도 마찬가지입니다. 언젠가 모딜리아니의 생애를 그린 영화를 보았습니다. 그때 모딜리아니의 연인이 입었던 코트가 언제까지고 머리에서 떠나지 않더군요. 커다란 회색 코트에 허리에 벨트를 매어 가슴이 풍만해 보였고, 컬러 사이로 나온 꽃무늬 머플러가 무척 인상적이었습니다. 결국 영화에서 본 코트와 같은 것을 만들고 말았습니다.

주인공이 아무렇지도 않게 입고 있는 다갈색 스웨터와 감색 스커트의 조화에 놀라기도 하고, 여행을 떠나며 들었던 가방과 구두를 부러워하기도 했습니다.

영화는 스토리 외의 다양한 것을 보여줍니다. 외국에 여행을 간다고 해도 거리 풍경은 볼 수 있지만, 웬만큼 친한 사이가 아니면 그곳 사람들의 부엌까지는 들여다볼 수 없습니다. 그런 호기심도 영화를 즐기는 한 방법이라고 생각합니다.

오전에는 영화관이 한가하기 때문에 좋은 자리에 앉아 느긋하게 영화를 즐길 수 있습니다. 기분 전환을 하고 싶을 때, 외국을 여행하는 기분으로 영화관을 찾는 것은 어떨까요? 물론 영화평 정도는 읽고 작품 내용을 어느 정도 파악하고 가는 것이 좋겠지요.

런던

— 겨울 난방용으로 석탄을 떼지 않게 된 런던은 예전처럼 안개 낀 날이 그리 많지 않습니다. 그렇지만 안개의 도시로 유명한 이곳에 안개가 자욱이 내려앉은 날은 정말로 아름답습니다.

평소는 조금 딱딱해 보이기도 하는 도시가 부드럽고 애수에 차 보이고, 사람들과 거리가 안개 속으로 사라져버릴 것만 같습니다. 그런 날이면 거리에서 블루 스커트나 블루 스타킹을 신은 노부인들을 보게 됩니다.

새하얀 머리카락에 갈색 반코트를 입고 약간 플레어로 보이는 코듀로이 스커트, 여학생처럼 보이는 목면 양말도 감색입니다. 노부인이 내 앞을 마치 여학생처럼 지나갑니다. 2~3센티미터 굽의 갈색 구두.

이 노부인에게 느껴지는 과부족 없는 명쾌함은 어디서 온 것일까요. 그 모습에 반해 나도 모르게 한동안 노부인을 뒤따라 걸었습니다. 맵시 있는 차림, 아니 그런 말로는 설명이 부족한 훨씬 깊이 있는 모습입니다.

무엇일까요. 노부인의 인생이 묻어난 모습이라는 생각이 들었습니다. 이 부인은 분명 감색, 목면, 코듀로이 같은 그런 질감의 일생을, 약간은 딱딱하고 빈틈없지만 그러면서도 화사함을 잃지 않은, 많지도 적지도 않은 그런 산뜻한 인생을 살아오신 것이 아닐까요.

코듀로이는 자칫 초라해 보일 수도 있지만, 그 노부인의 코듀로이는 너무도 생기 있고 아름다워 그만 매료되고 말았습니다.

안개로 자욱한 거리는 저녁때보다 더욱 환하게 가로등을 밝히고 있고, 그 불빛 아래서 발견한 여학생 같은 노부인의 모습은 안개 낀 런던이 준 뜻밖의 선물이었습니다.

오래된 영화

── 텔레비전에서 오래된 영화를 보았습니다. 그럴 때마다 영화를 한 번만 보아서는 만든 사람이 정말 하고 싶었던 말이나 보여주고 싶었던 것을 알기는 힘들지 않을까…… 하는 생각이 듭니다.

오랜만에 본 영화는 '셸부르의 우산' 이었습니다. 프랑스의 항구도시인 셸부르 거리와 역, 우산가게와 자동차수리점, 그리고 늘 부슬부슬 내리는 비. 젊은 남녀의 사랑이 결국은 파경에 이르고 두 사람이 다시 만났을 때는 각자 아내와 남편이 있었던 것으로 막연히 기억하고 있었습니다.

그런데 다시 보니, 당시 프랑스는 아직 알제리 내전에 열을 올리고 있어 젊은이들은 연인을 두고 군대에 가야 하던 때였습니다. 여주인공인 주느비에브의 어머니가 하던 우산가게는 전쟁을 유지하기 위한 무거운 세금 때문에 결국 문을 닫습니다. 주느비에브는 소식이 끊긴 애인이 전사한 것이 아닌가 불안해하다가 결국 보석상과 결혼을 하지요. 전선에서 돌아와 실의에 빠진 기이를 위로하는 또 다른 여인…….

영화를 통해 하고 싶은 말, 보여주고 싶은 것들이 많을 것입니다. 강요하지 않는 메시지 때문에 자칫 놓치기도 하고 미처 깨닫지 못한 부분들이 많았다는 생각이 듭니다.

카메라 없이

—— 여행을 할 때는 카메라를 들고 가서 사진을 찍는 것이 상식이 되었지만, 바다나 산에 갈 때는 카메라 대신 망원경을 들고 가면 어떨까요.

먼 산의 능선과 뭍으로 파고든 해안선이 눈앞으로 바짝 다가서기도 하고, 눈으로는 보이지 않던 집들과 풍경을 발견하고 놀라기도 합니다. 멋진 풍경 사진을 찍는 것도 즐거운 일이지만, 너무 열중하다 보면 오로지 사진을 찍기 위해 여행을 온 것 같고, 사진을 보지 않으면 어디에 다녀왔는지 생각나지 않았던 경험이 제게도 있습니다.

맘껏 경치를 바라보고 가슴에 깊이 새기는 것도 즐거운 여행이라고 생각합니다. 가끔은 카메라 대신 망원경을 들고 여행을 떠나시길 권합니다.

바느질

── 남들에게는 말하기 힘든 괴로운 일이 가끔은 생기기 마련입니다. 좀처럼 추스를 수 없는 충격에 식욕도 없고 잠도 잘 수 없게 되지요.

얼마 전 그런 일이 생겨 정말 아무 일도 할 수 없었습니다. 가족들에게 털어놓을 수도 없어서 차를 마시며 이야기를 나누다가도 적당히 끝내게 되더군요. 텔레비전을 봐도 재미가 없고, 책을 읽어도 집중이 되지 않았습니다. 그러다 문득 바느질거리가 있다는 것을 떠올렸습니다. 반짇고리를 꺼내놓고 골무까지 끼고 바느질을 시작했습니다.

한참을 그러다 보니 마음이 조금씩 가라앉고 차분해졌습니다. 그리고 바느질이 끝날 즈음에는 신기하게도 그렇게 신경 쓰이던 일이 어딘가로 사라지고 평상심을 되찾게 되어 나도 놀라고 말았습니다.

가슴에 다가오는 글

셋 중 둘

── 오랜만에 가슴에 다가오는 이야기를 들었습니다. 그 이야기를 소개할까 합니다. 그 여자 분은 독신으로 마흔네다섯쯤 되셨을까요. 크지는 않지만 벌써 15~16년 가까이 회사 사장으로 일하고 계십니다.

무척 밝은 분이라 만나면 늘 기분이 좋고 용기를 얻는 것 같아 가끔 시간을 내달라고 해서 함께 식사를 합니다. 얼마 전에도 함께 식사를 하다가 일하는 여성에 대해 이야기하게 되었습니다. 여성이 평생 직업을 갖는다는 것이 얼마나 힘든지에 대해서요.

결혼 후에 계속 일을 하고 싶어도 막상 아이가 태어나면 부모님의 도움을 받든지 믿을 만한 보모를 찾아야 합니다. 그런 조건들이 갖추어지지 않으면 가정과 일을 병행하는 것이 어려워 결국은 일을 그만두는 여성들을 많이 봐왔습니다. 그분이 말씀하시더군요.

── 사람의 능력은 다들 비슷해요. 다소의 차이는 있겠지만 그다지 큰 차이는 없어요. 여자로 사는 데는 크게 세 가지 방법이 있어요. 하나는 '남편과의 생활' 이고, 또 하나는 '육아' , 그리고 마지막은 '직업' 을 갖는 것이에요. 이 세 가지 모두를 완벽하게 할 수 있는 사람은 없어요. 남편을 충분히 내조하며 밝은 가정을 꾸리고, 아이에게는 자상하고 좋은 어머니이며 자기 일에

책임을 갖고 계속 일한다는 건 이상적이긴 하지만 도저히 불가능한 일이에요.

잘못하면 세 가지 모두 이도저도 아니게 되고 말아요. 좀 단정적으로 들릴지도 모르지만, 이 세 가지 중에서 두 가지만 선택하면 그래도 어떻게든 해나갈 수 있지 않을까요. 두 가지란 남편을 내조하며 가정을 훌륭히 지키는 것과 아이를 기르는 데 힘쓰는 것일 수도 있어요. 이것도 여간 힘든 일이 아니에요. 경제적인 문제도 중요하지만 너무 급변하는 세상이라 아이를 제대로 키우는 것도 요즘은 어려운 일이라 생각해요.

또는 결혼 후에도 아이를 갖지 않고 부부만의 가정과 자신의 일을 선택할 수 있어요. 혼자 할 수 있는 일이란 거의 없어요. 일로 인해 많은 관계가 만들어지기도 하고요. 일터에서는 내가 쉬고 싶다고 해서 쉬거나 사정이 있다고 일찍 퇴근할 수도 없어요. 일을 하는 이상, 평생 보람 있는 일을 하고 싶어 하는 것은 모두가 같지 않을까요. 업무 중에 집이나 아이를 생각하다 보면 일에 열중할 수 없어요. 일을 갖는다는 것도 힘든 일이에요. 자칫 잘못하면 가정과 일 모두를 지킬 수 없게 될 수도 있으니까요.

친구 중에 신문사에 다니는 사람이 있는데 아침에 출근하자마자 교토나 오사카에 갔다 오라고 하면 그 길로 바로 신칸센이나 비행기를 타고 취재를 하러 간대요. 그런 날은 도쿄로 돌아오기가 힘들어 결국 한 달에 두세 번은 외박을 하게 된다는군요. 그 친구는 아이가 있거나 남편의 이해 없이는 도저히 불가능한 일이라고 말하지요. 벌써 12~13년째 기자 생활을 하는 친구예요.

가끔 귀가 길에 만나 식사를 하거나 수다를 떠는데, 차를 마시면서 남편의 스웨터를 뜨는 정말 사랑스러운 친구예요. 2~3일 전에 만났을 때는 오키나와로 취재를 간다고 관련된 역사책을 두세 권 껴안고 왔더군요.

하지만 이미 아이가 있고 일까지 하는 사람은 남편을 잘라버릴 수는 없으니, 아이를 어머니께 부탁드리든지, 보모에게 완전히 맡기고 '부모가 없어도 아이는 자란다' 는 식으로 냉정하게 생각하게 돼요.

—— 그분은 마지막으로 자신의 이야기를 했습니다.

두 가지만, 두 가지만 하자고 스스로에게 타일러왔지만, 저처럼 작으나마 사업체를 책임지다 보면 내가 가지고 있는 모든 것을 쏟아 부어도 여전히 부족하게만 느껴져요. 내게 가정이나 아이가 있었다면 도저히 못했을 거예요.

그러니까 나는 결국 세 가지 중에 한 가지만 선택한 것이지요. 사람들은 자기 일을 갖고 있으니 부럽다고들 이야기하지만, 겨우 한 가지 일만 하면서도 힘에 부칠 때가 많답니다.

이제는 그런 일도 없어졌지만 30대 초반쯤, 어느 날씨 좋은 일요일에 혼자 회사에 가려고 버스 정거장에 서 있었는데 비슷한 나이의 부부가 아이를 데리고 외출하는 모습을 보았어요. 아이는 신이 나서 엄마, 아빠 주위를 뛰어다녔고요. 그런 행복해 보이는 풍경을 보았을 땐 왠지 눈물이 나기도 했어요.

그녀는 조용히 미소를 지으며 말했습니다.

열차 안에서

―― 오사카행 신칸센 안입니다.

앞쪽에 예쁘게 생긴 여자 셋이 앉았는데, 도쿄를 출발할 때부터 주변 사람은 아랑곳하지 않고 큰 소리로 이야기를 하고 있군요. 벌써 나고야 가까이 왔는데도 말입니다. 목소리도 크지만 말투도 빨라 마치 따발총을 쏘는 것처럼 들립니다.

"정말 대단한 수다다."

"저런 여자랑 결혼하면 평생 피곤하겠지?"

이야기 소리가 들리는 곳으로 고개를 돌려 보니 대학생쯤으로 보이는 젊은 청년 둘입니다. '평생 피곤하겠지' 하는 짧은 말에 진실이 담긴 것 같아 가슴이 철렁하더군요.

처음 만났을 때는 무척 아름다운 사람이라 생각했다가도 이야기를 시작하면 왠지 실망하게 되는 사람이 있습니다. 그러면 그 아름다운 용모가 오히려 공허하게 느껴집니다.

하지만 쉽게 남의 말을 할 수는 없지요. 나 또한 사람들 눈에 어떻게 비칠지 모르니까요. 어쩐지 무서운 생각이 드는 것이 솔직한 심정입니다.

은 스푼

— 오랫동안 병을 앓아온 친구에게 편지와 은수저 하나가 배달되었습니다. 긴 편지였습니다.

— 목이 아파 처음에는 편도선이 부은 줄 알았습니다. 나았나 싶더니 다시 도지고, 감기 때와는 조금 다른 짓누르는 듯한 통증이 있었지요. 하지만 2~3일이 지나면 나았다가 또 아프기를 반달 이상 되풀이했습니다.

근처 병원에 갔더니 의사 선생님이 이상이 있는 것 같으니 정밀검사를 받아보라고 하시더군요. 하루하루 봄을 기다리는 사람들을 뒤로하고 가슴이 무너지는 기분으로 저는 츠키지에 있는 암센터로 향했는데 검사 결과 편도선암이었습니다. 일 년 동안 방사선 치료를 계속했지만 효과가 없어 결국 다음 해 2월에 큰 수술을 받았습니다.

수술이 끝나고 불안한 마음으로 힘든 5년을 보냈는데 빠른 것도 같고 너무도 더딘 것 같은 5년이었습니다. 암은 수술 후 5년이 지나면 일단 나았다고 볼 수 있다고 합니다. 기다리고 기다리던 2월 13일은 만 5년이 되는 날이었습니다.

5년이 지났군요. 이젠 괜찮겠지요 하며 주치의 선생님이 어깨를 톡톡 다독여주셨습니다. 이날이 오기를 얼마나 기다렸는지 모릅니다.

더운 여름날에는 땀을 흘리며 양산을 꼭 쥐고 굳은 표정으로 병원에 갔고, 차가운 가을비가 내리는 날도 뚜벅뚜벅 걸어 병원에 갔습니다. 5년간의 제 일상이었습니다. 일주일에 한 번씩 가야 하는 병원은 한 번도 거른 적이 없습니다. 살고 싶다는 마음과 낫고 싶다는 일념으로 열심히 다녔습니다. 물론 가족의 도움과 당신을 비롯한 친구들의 따뜻한 격려로 매일을 견딜 수 있었습니다.

암센터 앞에는 강이 있고 그 맞은편에는 멋진 요정이, 대각선에는 도큐호텔, 왼쪽은 신바시 연무장, 그 맞은편은 긴자입니다. 병원 정문에 서면 바로 세 건물이 눈에 들어오는데 모두가 즐거운 곳입니다. 연무장에는 몇 번이나 연극을 보러 간 적이 있고 조금만 걸어가면 긴자 거리입니다. 모두들 행복해 보이는데 나만 그렇지 않다는 생각에 눈물을 훔친 적이 한두 번이 아닙니다. 하지만 기다리고 기다리던 5년이 되었고 같은 병실에 있던 사람 중에 나 혼자만 살아남았습니다. 돌아가신 분들의 몫까지 열심히 살도록 애쓰겠습니다.

요즘은 음식을 넘기기 힘들어 주로 치즈케이크와 커피를 먹는데 목소리가 탁하기는 하지만 그래도 이야기도 할 수 있게 되었습니다. 얼마나 기쁘고 감사한지요.

병이 나은 것을 자축하며 작은 마음의 표시로 스푼을 보냅니다. 여러분께서 생명을 건져 올려주셨다는 마음을 스푼에 담았으니 기꺼이 받아주셨으면 합니다. 4월이 되면 한번 놀러 가서 뵐까 합니다. 건강하시길.

── 작은 상자에 담긴 반짝이는 은수저. 수저를 손에 들고 나는 몇 번이나 건져 올리는 시늉을 해보았습니다. 다행이다, 병이 나아 정말 잘됐다. 한 생명이 다시 우리 곁으로 돌아왔습니다. 눈물로 번진 은수저를 어루만졌습니다.

사에키 요네코 씨 이야기

— 화가 사에키 요네코1903~1972 씨는 오랫동안 꽃그림을 그리셨는데, 언젠가 어떤 계기로 꽃을 그리게 되었는지 여쭤본 적이 있습니다.

— 계기가 된 것은 들꽃이었어요. 카루이자와에 있던 어느 날, 친구가 자기 집 정원에 핀 꽃이라면서 가슴에 가득 들꽃을 안고 왔어요. 노랗고 빨갛고 보라색의 아주 작은 꽃들이었는데 모두 이름도 알 수 없는 들꽃이었지요. 너무도 귀엽고 사랑스러워 그림을 그리게 된 거예요. 그때 그린 그림의 하나가 지금도 가부키좌도쿄 긴자에 있는 가부키 전용 극장에 걸려 있는데, 그 이후로 꽃을 그리게 되었어요.

꽃을 그리다 보니 사람들한테 꽃을 받는 일도 많아졌어요. 꽃은 아무리 애를 써도 시들기 마련이지요. 꽃이 시들면 가여워서 시들기 전에 그려두자는 마음이 생겨요. 꽃들 중에는 날 보고 그려줘요, 얼른 그려줘요 하며 다가오는 꽃도 있답니다.

꽃을 받고는 이런저런 일에 쫓겨 스케치도 못했는데 시들어버릴 때가 있어요. 그럴 때는 정말 얼마나 미안한지…….

꽃을 꽂으며 꽃이 예쁘고 귀엽다고 느끼면, 그것만으로도 그림을 그릴 마음가짐이 되어 있는 거예요. 그럴 때 스케치북이든 어디든 그 모습을 그려두면 되지요. 크레용이든 크레파스든…… 요즘은 각양각색의 매직들도 있더군요. 어떤 도구든 그려보는 게 중요해요. 그렇게 몇 번이고 그려보면 꽃의 사랑스러움과 아름다움을 표현할 수 있게 된답니다.

나도 처음엔 평생 그림을 그리게 되리라고는 생각지도 못했어요. 취미 정도로 생각하고 가와이 교쿠도1873~1957 선생님께 일본화를 배우러 다녔는데 댁을 방문하면 선생님이 표본을 그려주셨어요. 그러면 그것을 집으로 가지고 가서 일주일 동안 따라 그립니다. 잘 된 그림을 골라 보여드리고, 선생님이 아직 서툴다고 판단하시면 다시 일주일 동안 같은 그림을 그리게 하셨어요. 표본 그림을 따라 그리는 것이 그림을 배우는 첫 단계였습니다.

좋아하는 그림이 있으면 그것을 몇 번이고 흉내를 내서 그리는 게 좋을 거예요. 그러다 보면 여기는 이렇게 바꾸어볼까, 여기는 이 색으로 해볼까 하는 식으로 자연스럽게 표본에서 멀어지고 싶어지죠. 그때 처음으로 자신의 그림이 되는 거예요.

그림은 소질이 있어야 한다고들 하지만, 그건 아무것도 하지 않는 사람들의 말이 아닐까요. 난 그림 같은 것 못 그린다고 포기하지 말고, 지금 이야기한 것처럼 새로 꽃을 꽂았으면 그 아름다운 모습을 남겨두자는 마음으로 시작한다면, 분명 새로운 즐거움이 늘 거라 생각해요.

— 많은 꽃그림을 남기고 사에키 씨는 돌아가셨습니다. 나도 꽃그림을 그릴 수 있을 것 같습니다.

부부와 모자지간

— 우리 시어머님은 매우 강한 분이세요. 남편은 다정한 편이지만 나한테만 그런 게 아니라 시어머니한테도 똑같이 다정해서 젊었을 때는 그게 너무 화가 났어요. 나는 남편을 독차지하려 하고 시어머니는 소중한 아들을 빼앗기지 않으려 하시고, 정말 불꽃이 튀었지요.

아기가 태어났더라면 조금 달랐겠지만 그렇지도 않고, 세 사람 모두 지쳐 녹초가 될 지경이었지요. 보다 못한 저의 부모님이 친정으로 돌아오라고 남편하고 담판을 지으러 오실 정도였으니까요. 그렇지만 주변에서까지 그러니 오기 같은 게 생기더군요. 친정으로 돌아갈 생각 같은 건 하지도 않았어요.

4, 5년을 그렇게 지내다, 남편이 심한 독감을 앓았던 적이 있는데 정말 심한 독감이었어요. 의사가 다른 합병증은 없을 거라고 해서 집에서 간호를 하고 있는데, 걱정이 되신 시어머니님이 안절부절못하시며 하루에도 몇 번이나 2층으로 올라와 남편을 들여다보시는 거예요.

환자가 깨지 않도록 발소리를 죽여 계단을 올라오셔서는 걱정스러운 얼굴로 남편을 바라보다 얼음주머니를 살피고 흘러내린 이불을 어루만지고는 내려가셨어요. 몇 번을 그러셨는지 몰라요.

그 모습을 보고 문득 깨달았어요. 시어머니와 남편이 모자지간이라는 것을요. 우습지요, 너무도 당연한 사실인데. 그전까지 나는 우리 집에는 부부와 남편의 어머니가 있다고 생각했어요. 그러니까 요즘 말하는 시어머니라는 혹이 붙어 있다고 생각했던 거예요. 하지만 그때 알았어요. 우리 집에는 '부부와 모자가 있다' 는 것을요. 그래요, 셋이지만 부부와 어머니가 2대 1일 뿐 아니라, 모자와 나 이렇게 2대 1이기도 하다는 거죠. 당연한 사실을 깨닫는 순간, 오랫동안 힘들게 했던 여러 일들이 사라지며 마음이 홀가분해졌어요. 그전까지의 답답하고 험악한 마음이 거짓말처럼 사라지더군요.

그런 생각을 하고 있을 때, 마침 남편을 들여다보러 오신 시어머님이 나를 위해 홍차를 타 오셨어요. 결혼 이래 처음 있는 일이었어요, 정말이에요. 당신의 아들 병간호를 하고 있기 때문이라는 생각이 들더군요. 홍차를 마시고 나서 내가 말했죠. "어머니, 저 너무 지쳤으니 교대 좀 해주실래요? 부탁드려요." 시어머님은 무척 기뻐하시며 열심히 간호를 해주셨어요.

벌써 10년도 더 된 이야기예요. 그일 이후로 마음이 무척 편해졌지요.

시어머님은 여전히 까다로우세요. 나도 그에 못지않지요. 그렇지만 시어머님과 남편이 사이좋게 지내고 있을 때는 절대로 끼어들지 않기로 했어요. 어머니와 아들 그리고 나의 2대 1인 때라 생각해서요.

그 대신 시어머니를 남겨두고 둘이 외출할 때는 부부와 시어머니가 2대

1인걸요. 요즘은 시어머니와 나 그리고 남편이 2대 1일 때도 있답니다. 당신도 그렇게 생각해보면 어떨까요.

런던의 제비꽃

— 오후 12시 30분에 파리 북역을 출발한 국제급행열차는 가로등을 밝힐 즈음 낡은 벽돌로 된 거리를 지나 런던의 빅토리아 역에 가까이 다가갔습니다.

기차 컴파트먼트에서 반나절을 함께 보낸 스페인에서 온 부인은 50세쯤 되었을까요. 까만 스웨터가 무척 잘 어울렸습니다. 그리고 이 세상의 어떤 것들을 보며 세월을 보냈을까 하는 생각이 들게 하는 크고 깊은 눈이 무척 아름다웠지요.

같은 컴파트먼트에 탔으면서도 나와 부인의 공통된 언어가 없어서 창밖을 보며 보내는 시간이 더 많았습니다. 그래도 기차에서 내릴 무렵에는 그녀 아들이 런던에서 일하고 있고, 오랜만에 그 아들을 만나기 위해 마드리드에서 몇 번이나 기차를 갈아타고 왔다는 것을 알았습니다.

드디어 역에 도착했고 그녀는 기차가 멈추기도 전에 까만 롱코트를 걸치고 트렁크를 끌며 출구로 나갔습니다. 얼른 아들이 보고 싶어서였겠지요. 서두를 일이 없는 나는 그대로 자리에 앉아 멍하니 바깥을 보고 있었습니다. 창밖으로 조금 전에 내린 부인이 양팔을 벌리고 서 있는 모습이 보이더군요. 그 가슴에 마치 뛰어들듯 달려오던 청년과 부인이 서로를 꼭 끌어안았습니다. 그리고 아들이 세 가지 색의 작은 제비꽃 다발을 내밀었습니다.

연기에 그을려 칙칙한 역사에서 노란 제비꽃이 요염한 빛을 발했습니다.

기억에 남는 꽃에 얽힌 풍경을 떠올려보았습니다.

초여름 해 질 무렵 꽃다발을 안고 발걸음을 서두르던 청바지 차림의 청년, 아가씨가 큰길가에 있는 호텔 회전문에서 뛰어나와 달려오던 청년의 꽃다발을 받고는 둘이 얼싸안고 빙글빙글 돌던 모습 등이 지금도 눈에 선합니다.

하지만 지금 본 어머니와 아들의 재회와 제비꽃처럼 가슴에 다가오는 풍경은 처음입니다.

하얀 버선

—— 대나무가 푸른 빛깔을 더할 무렵이면 떠오르는 풍경이 있습니다. 초여름의 해 질 녘, 어슴푸레해지기 시작한 툇마루에서 본 새하얀 버선입니다. 버선의 주인공은 코다 아야 씨1904~1990, 소설가이고, 장소는 덴추우인伝通院이었습니다.

뜰을 보여주셔서 툇마루에 앉아 이야기를 듣고 있었습니다. 어두워져서 조금씩 주변이 잘 안 보이기 시작했지만 코다 씨는 불을 켜지 않았습니다.

"분위기가 좋으니까 불은 켜지 않기로 하지요."

주변이 어두워지자 코다 씨의 발 아래가 하얗게 드러났습니다. 하얀 여름 버선이었는데 뜰의 초록색 대나무 그림자가 진해질수록 그 흰빛이 더욱 선명하게 떠올랐습니다. 우리가 잊고 지냈던 아름다운 빛깔이었어요.

여름 버선이 참 좋았고 발 아래를 하얗게 연출한 일본인의 감각이 대단히 예민하고 섬세하다고 생각했습니다. 나일론 양말이나 자수가 놓인 덧버선 같은 건 곁에도 오지 못할 것 같았어요.

그때 코다 씨가 한 말을 잊을 수 없습니다.

"이번 가을에는 단풍을 따라 쭉 걸어볼까 생각 중이에요. 이젠 나이가 들어 앞으로 몇 번이나 단풍을 볼 수 있을지 모르니까요."

세상에는 소중히 해야 할 것이 무척 많습니다.

한 송이 장미

── 다나카 치요1906~1999 씨를 처음 뵌 것은 벌써 20여 년 전입니다. 오사카의 미츠코시 전람회장이었는데, 그날 본 다나카 씨의 모습은 잊을 수가 없습니다. 당시는 지금과 달리 패션에 관심을 두기 어려운 시절이었습니다. 다나카 씨는 뒤로 대충 말아 올린 머리에 비녀처럼 막 피기 시작한 빨간 장미를 꽂고 계셨습니다. 입고 있던 까만 옷이 붉은 장미를 더욱 돋보이게 해서 정말 멋있었습니다. 그 후로 다나카 치요라는 이름을 들으면 붉은 장미를 먼저 떠올리게 되었습니다.

장미의 계절이라고 하기엔 조금 이른 때, 시부야의 다나카 씨 댁을 찾았습니다. 그날도 다나카 씨는 울로 된 까만 판탈롱 슈트 차림이셨지요. 내가 그 장미꽃 이야기를 하자 다나카 씨가 말씀하셨습니다.

"내가 워낙 바쁘게 돌아다니잖아요. 파티에 갔다가 손님을 만났다가, 그렇게 바쁘게 다니다 보면 허둥댈 때가 많아요. 꽃을 좋아해서 방에는 늘 꽃이 있는데 때로는 그 꽃 한 송이를 얼른 빼서 머리에 꽂기도 한답니다. 어떤 보석보다 살아 있는 꽃이 훌륭하고 또 훨씬 더 멋있어 보이고요. 20년 전에 장미 한 송이를 꽂은 걸 이렇게 당신이 기억하고 있잖아요."

방 안 여기저기에 꽂은 장미며 제비꽃, 발코니의 동백 화분 등을 바라보며 한동안 꽃 이야기가 이어졌습니다.

다나카 씨는 아시야시와 도쿄에 거점을 두고 언제나 분주히 뛰어다니시는데, 그 손으로 벌써 많은 디자이너들을 키워내셨습니다. 전쟁이 끝난 일본에 패션을 창출하고 여성들에게 디자이너라는 길을 열어주신 분이기도 합니다.

꽃 이야기는 어느새 양재와 디자인으로 옮겨가서 이 일을 시작했을 때가 화제가 되었습니다.

"그게 참 이상해요. 어쩌다 보니 이렇게 디자이너가 된 것 같아요. 처음에는 피아니스트가 되고 싶었는데, 손이 작아 안 된다는 것을 알았어요. 그 다음엔 발레리나가 되고 싶어 발레를 배웠지만 안나 파브로와를 만나보고는 내 몸이 너무 작다는 것을 알고 그 희망도 포기했어요.

아버지가 외교관이셔서 어렸을 때부터 집에 외국 손님이 많았어요. 저녁에는 파티가 열리기도 했는데 그때 부인들의 드레스가 너무도 아름다워 무척 동경하게 되었어요. 발레리나가 될 수 없다면 적어도 그 드레스 같은 무대의상을 만드는 사람이 되고 싶다는 생각을 가슴에 품게 되었어요."

── 다나카 씨는 만 열여덟에 결혼을 하고 남편과 함께 유럽으로 떠났습니다. 남편은 전공 공부를 위해 베를린에, 다나카 씨는 디자인 공부를

위해 파리에 머물렀습니다. 이만저만한 의지가 아니면 그렇게 할 수 없었을 겁니다. 일본에 계신 부모님들께서는 갓 결혼한 부부가 어째서 각각 다른 곳에 있냐며 걱정을 하셨다는군요.

파리에 있던 다나카 씨는 어느 날, 잡지에서 오페라 무대의상으로 유명한 오토 폰 핫사이 씨의 작품을 보고 감격한 나머지, 핫사이 씨 밑에서 공부하고 싶다는 편지를 보냈다고 합니다.

핫사이 선생님은 스위스 취리히에서 작은 학교를 열어 전문가들을 키우고 계셨는데 편지를 받은 선생님이 직접 국제전화를 걸어왔을 때는 다나카 씨도 놀랐다고 하더군요.

"일본 여성이 공부하고 싶다고 한 것은 당신이 처음이에요. 만약 진심으로 원한다면 바로 오세요. 모레 기차를 타세요. 취리히에 도착할 시각에 마중을 나가지요. 머리는 어떤 모습이죠? 그래요, 쇼트 커트군요. 일본 사람은 작기 때문에 당신을 찾는 것은 어렵지 않을 거예요. 나는 키가 큰 할아버지예요."

위엄으로 가득 찼지만 목소리는 따뜻하고 성의에 차 있었다는군요. 다나카 씨는 이틀 후 선생님이 일러준 대로 기차를 탔고 테스트에 합격해 본격적인 디자인 공부를 시작했습니다. 핫사이 선생님이 심혈을 기울여 다나카 씨에게 주입한 것은 디자이너의 마음가짐이었답니다. 다나카 씨는 그 선생님의 가르침을 가슴 속에 간직하며 긴 세월을 보냈고요.

"디자이너가 가장 염두에 두어야 하는 것은 '입는 사람의 입장에서 생각하는 것' 입니다. 고객이 입어 예쁜 옷, 고객이 좋아할 옷을 만들어야 합니다. 절대로 디자이너 개인의 취향이나 자기만족을 위해 만들어서는 안 됩니다. 입는 사람이 기뻐하는 것이 중요합니다. 디자이너에게 이기주의는 적입니다."

입는 이의 입장에서 생각하다 보면 여러 아이디어가 떠오르고 만드는 즐거움을 맛볼 수도 있습니다. 다나카 씨는 핫사이 선생님을 만나서 자신의 취향을 위해서가 아니라 입는 사람을 위해 자신의 힘을 발휘한다는, 그전까지는 깨닫지 못했던 삶의 방식을 알게 되었습니다.

할머니와 손녀

—— 매년 여름이면 찾아뵙는 댁이 있는데 요즘 보기 드물게 삼대가 함께 사는 댁입니다.

얼마 전 댁에 방문해서 부엌을 들여다보았더니 대학교에 다니는 이 댁 따님과 할머님이 사이좋게 개수대 앞에 서 계셨습니다. 따님의 통통한 뒷모습과 긴소매의 앞치마를 입은 할머님의 가녀린 모습이 대조적이었지만, 어깨를 나란히 하고 할머님이 뭔가 열심히 가르쳐주고 계시더군요.

양념을 만드는 법이나 야채 써는 법, 혹은 국물을 내는 방법이었을까요. 무슨 말을 건네려다 내 입이 저절로 다물어졌습니다. 따님은 할머님께 부엌에서의 지혜를 물려받고 있었고, 할머님은 오랜 세월 경험으로 얻은 것들을 손녀에게 전하고 싶어 열심이셨습니다. 그 마음들이 뒷모습에도 역력히 드러나서 나는 가만히 두 사람의 뒷모습을 바라보았습니다.

그날 저녁 식탁에 오른 장국과 야채무침은 특히 맛있었는데 맛은 이렇게 다음 세대로 전해져 가겠지요. 진지하고 따뜻함이 넘치던 뒷모습을 떠올리면 마음이 따뜻해집니다.

인도의 반지

── 밝은 감청색이라면 될까요. 그 사람이 낀 반지 색깔이 너무도 선명해 저절로 눈길이 갔습니다. 그리고 묻지 않을 수 없었습니다.

"그 돌 이름이 뭐예요?"

중년이 지난, 당연히 매니큐어도 바르지 않은 그의 손에 화려하다 싶을 정도의 파랗고 투명한 돌이 무척 잘 어울렸습니다.

"이거요? 라피스 라줄리Lapis lazuli라는 돌이에요. 잘 어울리죠? 쑥스럽지만 못생긴 손이 이 반지 덕에 괜찮아 보이는 것 같아요. 아버지는 루리구슬이라고 하셨지만 저도 자세히는 몰라요……. 몇 년 전 어머니가 돌아가시기 전에 무슨 생각을 하셨는지 이걸 내게 주셨어요. 어머니 유품인 셈이지요."

더 진하고 어두운 색의 라피스 라즐리밖에 본 적이 없어서 조금 의외였습니다. 그가 손가락에서 반지를 빼 내게 보여주었는데 반지 세공도 매우 특이하더군요. 타원형의 돌이 가로로 길게 놓여 있고, 돌을 받치고 있는 은에 당초 무늬가 섬세하게 조각되었는데 뻗어나온 나뭇잎이 손가락과 돌을 감싸고 있는 형태였습니다. 돌도 잘 연마되었다기보다 직접 사람이 손으로 깎아 만든 것 같았습니다.

"아버지가 젊은 시절 인도에서 유학을 하셨는데, 강에서 빨래를 하던 여인의 젖은 손에 끼고 있던 이 반지가 너무나 마음에 들어 그것을 받아왔다고 하셨어요. 어머니는 약혼반지로 받은 이것을 오랫동안 쭉 끼고 계셨지요. 지금 나 정도의 나이였을 때 두 분 사이가 벌어지면서는 반지를 빼서 서랍에 넣어두셨어요."

인도 여인의 가무잡잡한 피부와 하늘, 강물과 흰 빨래, 그리고 물에 젖은 파란 돌과 일본 청년…… 그 모든 것들이 이 작은 돌 안에 담겨 있는 것 같았습니다. 돌아가시기 직전에 이 반지를 아드님에게 주셨다는 어머니는 분명 행복했던 날들을 떠올리며 그것을 아들에게 전하고 싶었던 것이 아닐까요.

"누구 손에서 만들어졌는지도 모르고, 이미 100년 가까운 시간이 지났을 텐데도 아직도 이렇게 아름답다는 것이 신기하군요."

둘은 한동안 아무 말도 없이 오래된 인도의 반지를 바라보았습니다. 이 청년은 나중에 도예가가 된 도미모토 겐키치1886~1963, 일본의 인간국보 1호 씨, 어머님은 도미모토 카즈에 부인입니다.

어떤 글

— "짧은 글을 써봤습니다. 쓰지 않을 수가 없었어요. 쓰고 나니 누가 읽어줬으면 하는 마음이 생기는군요. 그러면 조금은 마음이 안정될 것 같아요. 당신이 읽어줬으면 하는 마음으로 보냅니다." 이런 편지와 함께 친구가 아래의 글을 보내왔습니다. 세 자녀를 남겨두고 집을 나온 친구였습니다.

— 세상을 떠난 아이는 당시 나이 그대로 천국에서 논다고 한다. 내 기억 속의 세 아이도 10년 전에 헤어졌을 때의 열 살과 일곱 살, 그리고 다섯 살인 그대로 더 이상 나이를 먹지 않는다. 거리에서 문득 닮은 사내아이를 발견하고 뒤돌아보면, 모두가 기억 속의 아이들 그대로다. 아이들을 남겨두고 집을 나올 때, 사람들은 아이들이 크면 다 알게 될 거라고 위로했고 나 또한 고개를 끄덕였다. 하지만 마음속으로는 '그런 일은 없을 거야, 그게 당연한 거고' 하면서 결심을 했다. 나는 아이들을 위해 참고 살지 못했다.

시간이 지나 슬픔이 가시더라도 후회하지 말아야지, 지금 헤어져야만 하는 견딜 수 없는 심정을 잊지 말아야지 하고 헤어졌다.

"엄마, 어디 가?" 하고 묻는 막내에게 "응, 잠깐 볼일이 있어서. 할머니랑 집에서 놀고 있어" 하고는 그대로 나왔다.

친정으로 돌아와 일을 하기 시작했다. 나를 아는 사람들이 "그 사람이 갈라섰다면 어쩔 수 없는 상황이었겠지" 하고 인정받는 내가 되고 싶었다. 그런 마음으로 달이 가고 그리고 해가 갔다.

한시도 아이들을 잊은 적이 없다고 하면 그건 거짓말이다. 잊고 싶었다. 일에 쫓기거나 몰두했을 때, 동료들과 즐거운 자리에서 웃고 있을 때, 마음 속에 아이들의 그림자는 없었다. 그러나 아이들을 떠올리지 않았다고 하면 그것 또한 거짓말이다. 무슨 계기가 있는 것도 아니다. 어느 순간 갑자기 덮쳐와 나를 갈기갈기 찢어놓고는 썰물처럼 떠나간다. 가장 큰 희생자가 아이들이라고 생각하면, 거기서 모든 것이 무너져버리고 만다.

입 밖에 내는 것은 미련이다. 어쩌지도 못하는 일을 떠올리는 것은 어리석은 일이다. 아무것도 해줄 수 없는 것도 어쩔 수 없는 일이며, 또 해주어서는 안 될 일이다.

얼마 전의 뉴스를 두고 부모 자식 간에 대해 많은 이야기들이 오간다. 옳고 그름을 떠나 그런 이야기를 할 수 있는 사람들이 나는 부럽다. 나는 아이들 속에 남겨둔 피를 어찌하지도 못하고 그저 성장에 맡겨두고 있을 뿐이니…….

나카자토 츠네코1909~1987, 소설가 씨의 편지

— 더운가 싶으면 갑자기 스웨터를 걸쳐야 할 정도로 기온이 내려가는 환절기에 건강은 괜찮으신지요? 몸조심하시기 바랍니다.

차분하게 앉아 일할 마음이 들지 않는 요즘, 집 안 여기저기를 정리하다 보면 참 재미있는 일들이 생깁니다. 창고에 내려가 선 채로 책을 읽다가 그대로 서재로 가져와서 반나절을 보내기도 하고, 서재에서 옛날 사진을 발견하고는 그때는 이렇게 젊었구나. 하지만 지금 얼굴이 훨씬 좋다는 생각도 한답니다. 머리와 마음, 몸도 쓰지 않으면 안 되는구나 …….

요즘은 바쁘다는 말이 입버릇이 되어 책을 읽는 것도 귀찮고, 고금의 명작도 대부분 영화나 텔레비전 드라마로 만들어지기에 굳이 책을 읽지 않는 사람이 많더군요. 책을 읽는 습관이 생활 속에 자연스럽게 배어 있으면 좋겠습니다.

나는 젊었을 때부터 손에 잡히는 대로 책을 읽었지만, 번역물 전성기 때는《안나 카레니나》,《여자의 일생》,《보바리 부인》의 세 주인공 모두를 좋아해 몇 번이나 되풀이해 읽었습니다. 여성의 연약함과 아름다움, 강인함과 동시에 인생의 잔혹함을 느낄 수 있었습니다. 금방 찌르고 죽이는 요즈음의 터무니없는 내용과는 달리, 인간의 진정한 비참함과 슬픔 등을 면밀하게 관찰한 작자의 인생관과 세계관을 통해 사랑과 모럴이 생생하게 그려져 있으니까요.

당신도 물론 읽은 적이 있겠지요. 유리 닦는 법이나 매력적인 화장법처럼 읽은 내용이 바로 도움이 되는 것이 아니라, 마음을 흔들어놓는 정신적 충격은 그 순간보다 나중에 언제까지고 마음에 간직할 수 있습니다. 사물을 느끼는 방법은 사람마다 다르기 때문에, 이야기의 줄거리를 알더라도 본인이 꼼꼼히 읽으며 스스로 느낀 점을 찾아내지 않으면 명작을 이해하기란 어렵습니다.

앞에서 말한 세 소설이나 명작만 읽으라는 이야기가 아닙니다. 당신이 마음속으로 느낄 수 있는 뭔가를 찾아보세요. 그게 어떤 개념인지 알기 위해 영화를 보는 것도 좋겠지요. 단 원작은 귀찮아도 손에 들고 읽어보세요. 부엌에서든 어디서든 매달려 읽어보시기 바랍니다. 반드시 읽는 사람을 붙드는, 정곡을 찌르는 뭔가가 있을 겁니다.

젊은 시절 내 철학 같았던 책들이 있는데 파스칼의《팡세》나 라 로슈푸코의《명언》등입니다. 모두 가슴을 울리는 책이지만, 훨씬 더 직접적으로 뜨거운 물에 덴 것처럼 나를 두렵게 만든 책은 오르제슈코의《과부 마르타》였습니다.

이 책들은 결혼 전후에 읽고 강렬한 인상을 받았는데, 마르타는 행복한 결혼을 하고 남편에게 의지해 자신의 두 발로 서지 못한 여성의 비극을 그리고 있어서 저를 긴장하게 만들었습니다. 경제적으로는 여성이 자립하기 수월해졌지만, 정신적으로 자립해 자신의 발로 서는 사람이 그중에 얼마나 될까요. 나 또한 아직 그렇지 못하기 때문에 문득문득 깜짝 놀라 마음을 다잡습니다.

오늘은 번역서들만 늘어놓았지만 뛰어난 일본 작품들도 많이 있습니다. 음식을 굶는 것도 심각한 일이지만 마음의 빈곤함을 깨닫지 못하는 일 또한 심각합니다. 모쪼록 스스로 치료할 수 있도록…… 뭔가를 찾아주세요.

다음에 또 왔을 때

—— 얼마 전에 올해로 95세가 되신 스톤 부인이 워싱턴에서 오셨습니다. 작년 크리스마스 카드에 일본에 가고 싶다고 쓰셨지만, 설마 그 연세에 못 오시겠거니 생각했습니다. 호텔로 찾아갔더니 부인은 파란 실크 원피스와 흰 모자에 까만 지팡이를 짚고 붙임성이 있는 큰 눈을 반짝이며 로비에서 기다리고 계셨습니다.

부인은 "결국 왔어요. 이번에는 도쿄와 교토, 오사카 그리고 타이완과 홍콩, 싱가포르, 발리, 오스트레일리아를 거쳐 아프리카로 갔다가 런던으로 돌아갈 생각이에요. 하지만 어디까지 갈 수 있을까요. 이제는 여행도 두 달이 한계니까요" 하셨습니다.

도쿄에 오신 것만으로도 놀랐는데, 그렇게 긴 여정일 줄은 생각지도 못 했습니다. 여행을 좋아하시는 부인은 늘 자택 창가에 놓인 의자에 앉아 여행기나 풍물잡지, 역사책 같은 것을 읽거나 테이블 가득 지도를 펼쳐놓고 계시곤 했습니다.

—— "내가 도쿄에서 하고 싶은 것은 지하철이나 전철, 버스 같은 것을 타고 거리를 돌아다니고, 백화점 식당가 같은 데서 식사를 하며 사람들을 구경하는 거예요. 지난번에 왔을 때는 관광객들과 함께여서 진짜 일본

에 대해서는 아무것도 알 수가 없어 시시했어요" 하시며 해보고 싶은 것들을 적은 목록을 보여주셨습니다.

"이렇게 많이는 힘들 거예요" 하고 말씀드리자, "그럼 이건 다음에 왔을 때 하지요" 하시면서 아무렇지도 않게 표시를 해나가셨습니다.

다음이란 도대체 언제가 될까요. 2년 뒤면 97이고 5년 뒤면 100세가 됩니다. 기억력과 기력, 이해력은 전혀 뒤떨어지지 않고, 지식욕이나 호기심도 왕성합니다. 관광버스를 타면 가이드의 설명에 귀를 기울이며 메모를 하고 손을 들어 질문을 하기도 하고 받은 팸플릿은 전부 숙소로 가지고 가십니다. 도쿄, 오사카, 교토로 나눈 파일을 미리 준비해와서 팸플릿이나 엽서를 정리하고 또 다른 지역으로 출발할 때마다 그동안 쌓인 인쇄물을 미국으로 보내기 위한 큰 봉투까지 준비해오셨더군요.

음식은 그 나라를 알 수 있는 좋은 수단이기에 스톤 부인은 양은 적지만 일본 음식은 뭐든지 먹어보고, 식후에는 반드시 아이스크림이나 파이에 아이스크림을 곁들인 파이알라모드, 크림파르페 등을 주문하셨습니다.

그렇지만 다리가 약해 아무래도 걷는 것이 느리기 때문에, 단체로 움직일 때는 다른 사람들에게 폐가 된다고 생각하셔서 버스에서 내려 견학을 할 때는 가끔 차내에 남아계십니다. 그럴 때도 그냥 멍하니 계시는 것이 아니라 친구들에게 보낼 엽서를 쓰십니다.

밤에 스톤 부인의 방으로 찾아가면 그날 입은 옷의 단추를 하나하나 점검해서 느슨해진 곳이 있으면 얼른 실과 바늘을 꺼내 단추를 다시 다시더군요. 자기 전에는 하얀 머리를 브러시로 빗은 다음 세팅으로 감아 내일을 위한 준비를 하십니다.

── 이처럼 적극적이고 부지런하면서도 결코 답답한 느낌이 없는, 뭐라고 하면 좋을까요. 분명한 삶의 방식에 그만 넋을 놓고 바라보았습니다. 스톤 부인은 진정한 의미로 영원한 희망을 가지고 계시는 분이었습니다.

부인이 2년 후나 5년 후에 다시 일본에 오신다면, 나는 그때도 스톤 부인에 대한 글을 쓰고 싶습니다.

비가 내릴 듯한 밤의 공항

—— 어느 해 여름의 끝자락이었습니다. 자매처럼 지내던 친구가 결혼을 하고 미국으로 떠나게 되어 공항에 전송을 나갔습니다. 게이트 앞은 늘 그렇듯 출발하는 사람들과 그들을 전송하러 온 사람들로 붐볐는데 그 사람들 속에서 엘리자베스 산다스홈미츠비시 재벌의 손녀인 사와다 미키가 연 혼혈 아동을 위한 고아원의 사와다 미키 씨를 보았습니다. 네다섯 살쯤으로 보이는 두 혼혈아이의 손을 잡고 있었으니, 아마도 아이들을 미국으로 입양 보내는 것이었겠지요. 이윽고 두 아이가 인솔자를 따라가며 사와다 씨에게 안녕, 안녕하고 손을 흔들며 게이트 저편으로 사라졌습니다. 내 친구도 작별인사를 하고 멀어져 갔고요. 멀리 오이소에서 아이들을 전송하러 나온 사와다 씨의 마음이 어떨까 생각해보았습니다.

친구 모습이 안 보인 지 오래되었지만, 좀처럼 발길이 떨어지지 않아 비행기가 뜨는 것이라도 보고 가려고 전망대로 올라갔습니다. 비가 올 것 같은 날씨여서 전망대에는 손가락으로 셀 수 있을 정도의 사람밖에 없었습니다. 30분쯤 지났을까요. 비행기가 어두운 동쪽 하늘로 날아올랐습니다.

그러다 문득 전망대 난간에 기대어 서 있는 사와다 씨를 또 보았습니다. 사와다 씨는 별처럼 멀어진 비행기를 향해 크게 손을 흔들고 있더군요. 사와다 씨가 이슬비가 내리는 전망대에 홀로 남아 자신들을 배웅하는 것을 아이들은 모르겠지요. 아이들에게 얼마나 깊은 애정을 쏟았는지 알 것 같았습니다. 여름 끝자락의 비가 올 듯한 저녁이면 어두운 밤하늘을 향해 크게 손을 흔들던 사와다 씨가 떠오릅니다.

작은 물고기

── 샌프란시스코에서의 일입니다. 차를 몰고 금문교를 건너 소살리토Sausalito 해안에 갔습니다. 8월의 바다는 한없이 푸르렀고, 가까이 있는 산에는 빨갛고 하얀 집들이 점점이 박혀 있어 일본의 해안과는 또 다른 풍경을 보여주었습니다.

커다란 곶을 돌았다 싶었는데 푸른 바다 쪽으로 난 부두가 보여서 가까이 다가가 보니 아이들이 낚시를 하고 있었습니다.

차에서 내려 우리도 그 부두로 갔습니다. 벤치에는 아이들보다 적은 수지만 어머니나 할머니, 할아버지 같은 분들이 앉아 있더군요. 한참 낚시하는 아이들을 보고 있는데 한 아이가 "걸렸다, 잡았어!" 하고 크게 소리쳤습니다. 그러자 벤치에 앉아 있던 어머니로 보이는 사람이 달려가 낚인 물고기를 바늘에서 빼 아이에게 보여주었고 아이는 그 물고기를 어머니에게서 받아 바다로 돌려보내더군요.

다시 또 다른 아이가 소리쳤습니다. 역시 그 아이의 엄마일까요, 곁으로 다가가 물고기를 살펴보더니 그 아이 역시 잡은 고기를 바다로 돌려보냈습니다.

── 어머니들이 아이들에게 달려오는 것이 아이들이 바다에 빠질까

봐 걱정이 돼서라고 생각했습니다. 물론 그런 이유도 있겠지만, "이 물고기는 아직 다 자라지 않았으니까 얼른 바다로 돌려보내자" 하며 한 마리 한 마리 낚아 올릴 때마다 그 크기를 확인하고 작은 것은 바다로 돌려보냈던 것입니다. 낚시를 할 때 갖추어야 할 중요한 자세를 아이들에게 가르치고 있었던 것입니다.

푸르고 아름다운 소살리토 해안이 더 아름다워 보였습니다.

잉그리드 버그만의 연극

— 감색 벨벳의 막이 내리자 "예쁘다, 역시 예쁘지?" 하는 속삭임이 여기저기서 들렸습니다. 관객들은 길고 긴 박수를 아낌없이 보내고 밤거리로 쏟아져 나갔습니다. 관객들 뒤를 따라 나가다가 아직 열기가 가시지 않은 객석을 돌아보았습니다. 문득 '꽃의 생명은 짧고 괴로움만이 기나니' 라는 하야시 후미코1903~1951, 소설가의 말이 떠오르더군요. 런던의 작은 극장에서 잉그리드 버그만의 연극을 보고 난 저녁이었습니다.

— 위의 구절을 떠올린 것은 물론 무대에서 본 버그만의 꽃 같은 모습 때문이었습니다. 그 꽃은 무대 위에서 너무 크지도 작지도 않게, 자랑스럽기보다는 지극히 자연스럽게 피어 있었습니다. 1막과 2막에서는 진하고 차분한 녹색의 얇은 드레스 차림이었는데 3막이 열리자 연보라 바탕에 커다란 장밋빛 수국이 그려진 화려한 드레스를 입고 나타났습니다. 순간 관객 모두가 숨을 죽였습니다. 작은 극장이어서 관객 모두 하나가 되어 숨죽이는 것을 알 수 있었습니다.

관객들은 남자고 여자고 '카사블랑카' '가스등' '누구를 위하여 종은 울리나' 등의 영화에서 본 버그만의 모습을 직접 보았다는 데 크게 만족하고 돌아가는 것 같았습니다. 나도 그런 사람들 중의 하나였지요.

극장에서 나왔지만 바로 택시를 탈 기분이 아니어서 2월의 차가운 밤길을 한동안 걸었습니다. 밤길에 울리는 내 발걸음 소리를 들으며 아까부터 떠오른 '꽃의 생명은 짧고……' 에 대해 생각해보았습니다.

꽃의 생명이 반드시 짧다고만은 할 수 없을 것 같았습니다. 그런 생각이 드는 것도 역시 무대 위의 버그만 때문이겠지요. 그저 아름다운 꽃이라면 얼마든지 있을 겁니다. 연기력이 뛰어난 배우 또한 얼마든지 있고요. 세 번의 결혼과 네 아이, 그리고 영화, 연극, 텔레비전 등에 늘 모습을 모이는 쉰 여섯의 여성. 버그만이 건강하고 성실하게 살며 노력을 게을리 하지 않았다는 사실이 무대에서 그대로 전해졌습니다.

꽃은 긴 생명력을 발휘하며 피어 있었습니다. 힘겨운 시간도 있었을 텐데 자신에게 소홀하지 않았던 50년이, 이제는 젊지 않은 그녀를 꽃피우고 향기롭게 했습니다.

이별

── 파리로 떠나는 친구를 배웅하고 왔습니다. 삼십대 후반인 그 친구는 아직 혼자라는 조건을 살려 다시 공부를 하기 위해 유럽으로 떠났습니다.

그 친구는 여행이라고 말했지만 긴 시간이 필요하겠지요. 우선 말을 익히고 아르바이트를 해가며 대학에서 사회복지에 관한 공부를 더 해보겠다고 합니다. 그 계획을 들었을 때 나는 크게 찬성했습니다. 지금까지 매스컴 관련 일을 아르바이트로 해왔지만, 다른 환경에서 본인이 애초에 하던 일을 한다는 것이 기뻤습니다. 다정한 사람이니 친구들도 많아 공항이 떠들썩했습니다.

평소 차림대로 손을 크게 흔들며 게이트 저편으로 사라지는 친구를 보내고 공항을 나왔는데 왠지 눈물이 났습니다. 일로 적지 않은 도움을 받았을 뿐 아니라, 개인적으로 함께 쇼핑을 하거나 외식을 즐기며 수다를 떨기도 했고, 몸이 아플 때는 위로를 받고 그리고 세상일에 대해 서로 의견을 나누는 등…… 많은 것을 함께한 친구였습니다.

── 젊었을 때는 새로운 사람들과 만날 일이 많아 친구들도 늘어났지만 어느 때부터인가 이별을 하는 일이 더 많아진 것 같습니다. 이제 나이를

더 먹으면 멀리 외국으로 떠나는 것 같은 이별이 아니라 영영 이별을 하게 되겠지요.

부모님과 친구들, 지인들, 깊은 인연을 맺어왔던 사람들과 더 이상 만날 수 없는 이별을 하게 됩니다. 아무런 후회가 없는 관계라 하더라도, 아니 그럴수록 더욱 힘들고 아픈 일입니다.

── 마음을 다스리려 늘 둘이서 차를 마시던 카페에 갔습니다. 살아있는 한 이런 이별들을 되풀이하며 나이를 먹겠지요. 새삼 지금 내 주변에 있는 사람들을 더욱 소중히 여겨야겠다는 생각이 들었습니다.

옮긴이 김훈아

성신여자대학교와 동대학원 일어일문과를 졸업하고, 일본 센슈대학에서 일본현대문학으로 박사학위를 받았다.
지은 책으로 《재일 조선인 여성 문학론》(作品社, 일본)이 있고, 옮긴 책으로는 《일요일의 석간》《츠지 히토나리의 편지》《비와 꿈 뒤에》《웃는 늑대》 등이 있으며, 신경숙과 쓰시마 유코의 《산이 있는 집, 우물이 있는 집》과 공지영과 츠지 히토나리의 《사랑 후에 오는 것들》을 양국언어로 번역하였다. 현재 일본에 거주하며 한국 문학을 일본에 알리는 일에도 힘쓰고 있다.

멋진 당신에게

1판 1쇄 인쇄 2008년 11월 1일
1판 1쇄 발행 2008년 11월 7일

지은이 오오하시 시즈코
옮긴이 김훈아

펴낸이 김현정
펴낸곳 도서출판리수

기획·홍보 김현주
북디자인 알디

등록 제4-389호(2000년 1월 13일)
주소 서울시 성동구 행당동 328-1 한진노변상가 117호
전화 2299-3703
팩스 2282-3152
홈페이지 www.risu.co.kr
이메일 risubook@hanmail.net

ISBN 978-89-90449-50-4 03830
※책값은 뒤표지에 있습니다.
※잘못 제본된 책은 바꾸어 드립니다.